ファン文庫

JN102999

お疲れ女子、
訳あり神様に娶られました

著　猫屋ちゃき

マイナビ出版

CONTENTS

序章

それはとある地方都市の片隅の、小さな町。

古いものと新しいものがほどよく入りまじる、どこにでもある町。

その町では、人間たちの暮らしの中に不思議なものが潜んでいる。

人面犬が賃貸住宅を借りて暮らしているなんて噂《うわさ》もあるし、しゃべるイタチや小さな妖怪が人間たちとシェアハウスをしているなんて話もある。

そんな不思議な町だから、神様だって人間のふりをしてそのへんを歩いている。

この町に暮らす多くの人たちがそれを心得ているので、その手の不思議なものを見ても、耳にしても、さして気に留めない。そんなものだと、わりきって暮らしている。

もしくは、そんなものとは無縁で暮らしているのだ。

不思議なものも、素敵なものも、信じなければないのと同じ。

これは、不思議も奇跡もありはしないし、妖怪だってオバケだって、神様だっていない——そんなふうに思っていたとある女性が、素敵なものを見つけるまでのお話。

ある少年の願い

さぁさぁ、このとってのおきのお菓子をお供えするからには、しっかり願い事は聞いてもらうからね。

なんてったってこれ、期間限定・地域限定のなんだから。

本当は僕自身が食べたかったんだけど、特別なお願いを聞いてもらうからには特別なものを差し出さなくちゃいけないのかなって。

というわけで、僕のお願いを聞いてよ。

うちの叔母にね、素敵な彼氏を作ってあげてください。

彼氏ってわかる？

恋人だよ。いい人ってやつ。

しーちゃんはさ、せっかくまだ若くてそこそこの美人さんなのに、全ッ然そういうのに興味ないの。

別に僕も恋愛至上主義のつもりはないし、おひとり様万歳な世の中でもいいと思うんだけど、何というか、心配なんだよね。

今は僕と暮らしてるけど、そのうち僕も大人になるわけで、そしたらきっと、永遠に一緒に暮らせるわけじゃないでしょ？

そのときに、しーちゃんがひとりだったら嫌だなって思うんだ。

……育ててもらってるから、その負い目もあるな。もし僕の存在がなくて身軽なら、今頃誰かの恋人になったり妻になったり母になったりしてるしーちゃんがいたかもしれないって思うと、かなり申し訳なくなるし。

幸せの形なんて人それぞれだってわかってるけど……大事なしーちゃんのそばに誰かいてほしいって思うんだよ。

といっても、誰でもいいわけじゃない。

しーちゃんを第一に考えて大事にできないやつは絶対だめ。

それに、真面目がいいな。そして穏やかな人がいい。

かといって過度に甘やかしてばかりじゃなくて、たしなめるべきところはちゃんとたしなめてあげられる人がいいな。

大事にはしてほしいけど、ダメ人間にしてほしいわけじゃないからさ。

でも、気長に穏やかに、のんびり構えて優しく見守っててあげてほしいんだ。頑張って毎日働いててえらいのに、誰かにガミガミ言われたらかわいそうだから。

え？　細かいって？
そりゃそうでしょ。
だって大事な叔母の彼氏の条件だよ？　これだってまだ譲歩してるほうだよ。
でも、そんな条件に当てはまる人物なんて、簡単に用意できないって？
それこそ神様でもないと？
んー……期間限定・地域限定のお菓子でもだめかぁ……。
え？　手がないわけではないって？
うん、うん……なるほどね。それは悪くないな……。
じゃあ、それでお願い！
僕はしーちゃんが幸せになるのが一番の願いだから！

第一章

1

少しだけ開けた窓から五月の爽やかな風が吹き込んでくる、ある日の朝食の席で、椎《しい》奈《な》は思わずトーストを取り落としそうになっていた。

目の前に座る甥《おい》の翔流《かける》の口から、信じられない言葉が飛び出したからだ。

ひとまず落ち着こうとコーヒーをひと口飲み、改めて翔流の顔を見るも、彼はその穏やかで可愛《かわい》らしい顔にいつもの温和な笑みを浮かべているだけだった。

美形の両親の血を引いて、この子も美形だ。本人が望むなら芸能界入りも夢じゃないと、親馬鹿ならぬ叔母馬鹿を発揮して椎奈は思っている。

「ちょっと待って、翔流……今なんて言ったの？」

「だから、僕、高専を目指すねって。それと、無事に合格したらこの家を出て、寮に入るから」

「……え？」

聞き間違いかと思って聞き返したら、やはり信じられない言葉が返ってきた。しかも、さらなる爆弾をくっつけて。

「りょ、寮って、あの寮？　つまり、家を出てひとり暮らしするってこと？」

「うん。でも、たぶん同級生の誰かと相部屋だし、寮の中には先輩たちもいるから心配ないよ」

「そ、そう……」

耳で聞いても、まだきちんと理解できたわけではないから、そんな曖昧な受け答えをしてしまう。理解できないというよりも、受け止めきれないと言ったほうが正しいかもしれない。

「ごちそうさまでした。それじゃ、もう行くから」

「え、ちょっとまだ話が……」

「しーちゃん、お弁当ありがとう。行ってきまーす！」

呆然《ぼうぜん》としている椎奈をよそに、翔流は朝食を済ませると、食器をシンクに下げ、お弁当を摑《つか》んでサッと出ていってしまった。衣替えに先んじて身につけている半袖ポロシャツにスラックスの制服姿が、あっという間に見えなくなった。

時計を見れば七時半で、彼が通う中学校へはこの家から徒歩で三十分弱かかるから、慌てて出ていったのは仕方がない。

余裕を持って教室に着いてから予習をしたり友達と勉強をしたりしたいため、もう少しゅっくり出発すればいいのにとも言えないのだ。

椎奈も出勤までに朝の食器の片付けと洗濯物を干すという家事をこなさねばならないため、ぼーっとしている余裕はなかった。

食器を洗い、水切りラックに並べると、脱衣所の洗濯機へ向かう。朝起きてすぐ回しておいたから、もう洗濯は終わっている。

「……もしかして、あれが世に言う反抗期？」

洗濯物の入ったカゴを持って二階に上がりながら、ふとそんなことを考える。

一般的に第二次反抗期と呼ばれるものは、十三歳から十五歳の間に表れるという。ということは、今年の誕生日で十五歳になる翔流のあれが反抗期だとしたら、少し遅れてやってきたと言えるだろう。

姉夫婦亡きあと十年、彼を大事に育ててきて、来たるべき反抗期に備えていたつもりだった。だが、いざ来てみるとやはり驚いてしまう。しかも、想像していたものとずいぶん違うとなると、どう接するのが正解なのかわからない。

「穏やかな子の反抗期は、ずいぶん穏やかなのね……」

先ほどの翔流の様子を思い出しても、トゲトゲした印象はまったくない。むしろ、いつもと同じようにいい子だったように思う。

だから、これまであの子には反抗期なんてものは存在しないのではとすら思っていたのだ。

「チルドに鶏もも肉があるから、今夜は竜田揚げにでもするか。じゃあ、キャベツ買って帰ろう」

冷蔵庫を確認して、夕食のメニューを考える。挽《ひ》き肉《にく》も買えば、明日以降にロールキャベツやメンチカツも作れるとひらめく。どちらも翔流の好物だ。

窓の鍵がかかっているのとガスの元栓と水道の蛇口を確認して、時計を見ると八時十分だ。職場まで徒歩十分。始業は八時半だから間に合う。

いろんなことを考えながらもいつも通り家事をこなして、椎奈は家を出ることができた。

今の職場に勤め始めて六年。すっかり毎朝の流れは体に染みついている。専門学校に通いながら翔流を学校に送り出していたときは、もっと余裕がなかったから、今は楽に感じるくらいだ。

「……あの子には、気兼ねさせちゃってるのかな」

必死に、大事に育てているつもりではあるが、それが負担になってしまっているかもしれないと思い至った。反抗期らしい反抗期を迎えていないのも、それが原因の可能性がある。

翔流の両親である、椎奈の姉と義兄《あに》が亡くなったのは、今から十年前。翔流は五歳だったし、椎奈もまだ十七歳だった。

椎奈にとっては姉夫婦が親代わり。そんな彼らを亡くして大変だったが、それ以上に幼い翔流のほうがつらかったのは間違いない。

学校行事になかなか参加してやれなかったし、参加できても周囲の子供たちに「翔流くんのお父さんとお母さんは？」と尋ねられ、その度に事情を説明しなければならなかったと言っていた。子供を取り巻く世界は、大人たちのものより残酷だ。きっとそのほかにも寂しさや悔しさを嚙《か》み締める出来事はたくさんあっただろう。

だから、これまで必死に育ててきたのだ。

大学進学をあきらめ、高校卒業後は周りの勧めで歯科衛生士の専門学校へ入学した。三年間勉強する傍ら、アルバイトをかけ持ちして生活費と学費を稼いだ。

そして国家試験に合格し、晴れて歯科衛生士となってからは、生活はずいぶん上向いている。おかげで毎月貯金をできるようになったのだから。

この六年間で翔流のために貯めたお金は二百万円ほどになる。それとは別に彼の両親が残した保険金が三百万円ある。これだけあれば、国公立なら大学へ行かせられるだろうと考えていた。

『椎奈は頭が良いんだから、大学に行くべきよ』

亡くなった姉の果歩《かほ》が、口癖のように言っていたことだ。

『椎奈が大学行ってくれたら、俺たち鼻が高いよ』

義兄の竜郎《たつろう》も、晩酌でほろ酔いになったときなどに、よく言っていた。

だから、きっと翔流の大学進学を望むだろうに。そのためには、進学校へ行かせなければと考えていたのに。

今の彼の成績なら、県内で一番の偏差値の高校へ進むことも難しくないはずだ。本人もそのつもりだと思っていた。

それで、椎奈もひどく驚いてしまっているのである。

あれやこれやと考えているうちに、職場である高橋《たかはし》デンタルクリニックに到着した。

商店街の中の雑居ビルの階段を上がって、クリニックのガラス戸を押して入ると、もう院長は来ていた。

「おはようございまーす」

「おはよう、小林《こばやし》さん。今日も元気にやっていこうね」

「はい！」

いかにも好々爺《こうこうや》といった感じの院長に微笑《ほほえ》まれ、椎奈は少し元気を取り戻す。

いろんな意味で恩人の彼にニッコリされると、椎奈はいつも元気になれるのだ。

椎奈が歯科衛生士の資格を取ったのは、この高橋院長の勧めがあったからだ。「もし国家試験に合格したらうちで雇ってあげるから」と彼が言ったことで、周囲の人々も椎奈の背中を押した。

本当は高校を卒業してすぐ就職しようと考えていたのを、「歯科衛生士は食いっぱぐれないよ」と院長が言うから、椎奈は俄然《がぜん》やる気になったのである。

おかげで、ひとりで翔流を養うことができている。

……できているつもりなのだが、朝のやりとりはやはり引っかかった。

「溜《た》め息《いき》なんかついちゃって。小林さん、虫歯かい？」

制服に着替えて戻ってくると、院長にそう声をかけられた。無意識のうちに、暗くなってしまっていたらしい。

「虫歯なんてありませんよ！　毎日ピカピカに磨いてますから。もちろん翔流も！」

「本当かなぁ？　虫歯だらけの椎奈ちゃんだったのに」

「昔の話ですよー」

院長にからかわれ、恥ずかしくなる。彼の言う通り、椎奈は子供の頃は——果歩に引き取られたばかりのときは、虫歯だらけだったのだ。

果歩に慌てて高橋デンタルクリニックに連れて行かれ、そこから何ヶ月もかけて虫歯の治療をした。歯磨き指導もされた。そのおかげで、椎奈の歯は今ではすっかりきれいなものだ。

そういった意味でも、高橋院長は椎奈の恩人だった。

高橋デンタルクリニックは、診察台が二台と小さな待合室があるだけの、こぢんまりとした歯科医院だ。それでも、ここをかかりつけ医にしている人は多くいるし、評判を聞きつけて新たにやってくる人もいる。優しいおじいちゃん先生だから、子供にも人気だ。

恩があるという贔屓《ひいき》目を抜きにしても、ここはいい病院だ。だから椎奈は、ここで働けることを誇りに思っている。

「じゃあ、表と階段の掃き掃除をしてきますね」

箒《ほうき》と塵取《ちりと》りを持って、椎奈はクリニックを出た。

まずはクリニックの前と廊下を、そのあとは階段を掃きながら下りていく。

掃除は別に椎奈の仕事ではないのだが、朝の習慣としてやっている。まだ十代だった頃、当時のアルバイト先の店長が「掃除と挨拶は誰でもできる。でも、その誰でもできることを一生懸命できるかどうかで、人間の質は変わるし、人が君を見る目も変わるよ」と教えてくれたのだ。

だから、椎奈はどこの職場でも進んで掃除をするし挨拶もする。そのおかげか、どこへ行ってもそれなりに大事にされ、可愛がられている。

「おはよう、椎奈ちゃん」

「あ、井成《いなり》さん。おはようございます」

声をかけられてそちらを見ると、そこにはすらりとした長身のキツネのような顔をした美男がいた。キツネ顔の井成というこの男性はいつでもスリーピースの仕立てのいいスーツに身を包み、涼しげな顔で歩いている。

この近くにある井成不動産という不動産屋の社長をしているのだ。築五十年とはいえ、そこそこの広さの戸建ての家に家賃四万円で椎奈たちが住めているのは、この井成社長のご厚意である。

姉夫婦が亡くなってから、椎奈たちは住んでいたアパートを追い出され、危うく家なき子になるところだったのだ。そこに救いの手を差し伸べてくれたのが、顔見知り程度の間柄だった井成社長だった。「ちょっと古くて、たまに家が軋《きし》む音がしてうるさいのを我慢してくれるなら、お手頃価格で一戸建てを貸すことができるよ」と。

それだけでもありがたいのに、まだ子供である翔流を気遣ってか、お裾分けだと言ってお中元やお歳暮の時季にはハムやお菓子を分けてくれるし、そうでないときも何かしらくれるのだ。この町のちょっとした有名人らしいが、そんないい人だというのは家を貸してもらうようになるまで知らなかった。

「何かお困りごとはない？　古い家だから、雨漏りとかしたら言うんだよ」

「大丈夫です」

こうして日頃から気にかけてくれるが、古い家にしては手入れが行き届いていて、今のところは雨漏りなどはない。冬がやや寒いというのはあるが、それは昔の家の造りだから仕方がないことだろう。最初に言われていたような軋む音も、まったく気にならない。住み始めてすぐは、翔流が小さな妖精を見たと言っていたことがあるが。

「また今度、いただきもののお菓子をお裾分けに行くから」

「いつもありがとうございます」

「困っているのなら、人も妖怪も放っておけないからね」

そう言ってニコニコして、井成社長は去っていった。見れば見るほどキツネ顔だ。

「……人も妖怪もだなんて、変わった人だな」

井成の言ったことに首を傾《かし》げながらも、椎奈は掃除を続けた。

そういえば翔流がまだ子供の頃に、井成のお尻にモフモフの尻尾を見たと言っていたことがある。そのときはいくらキツネ顔だからといって失礼でしょとたしなめたが、どうやら彼には本当に見えたらしい。

翔流には夢見がちなところがあるのか、たまにそういった不思議なものを見たと言う。彼の生い立ちを考えると、その手の空想の世界を持つのは必要かもしれないと考え、深く触れずにそっとしている。

だが、椎奈はそんなものは信じていない。

不思議も奇跡もありはしないし、妖怪もオバケもいない。当然、神様だって。

「あ、野中《のなか》さん。おはようございます。佐藤《さとう》さんも」

そろそろ表の掃除を切り上げてクリニックへ戻ろうかと考えていると、二人の女性が歩いてくるのが見えた。ひとりは一緒にクリニックで働いている事務の野中で、もうひとりは患者の佐藤だ。

「小林さん、佐藤さんが階段上がるの手伝ってあげてくれる？　掃除はあたしがやっとくから」

「わかりました。あとちょっとで終わりなんで」

「あとちょっとかどうかはあたしが決めるよ」

野中は掃除道具を椎奈から受け取ると、せっかちな様子で辺りを掃き始めた。ベテランの彼女には、椎奈の掃除はまだまだに見えるらしい。

「じゃあ、佐藤さん。行きましょうか」

「いつもありがとうね」

椎奈は佐藤の手を取り、その体を支える。このビルの階段は狭く急で、年配の人にひとりで上がらせるのは心配だ。だからせめて、見かけたときだけでもこうして付き添って、一緒に上がるようにしている。

「佐藤さん、今日も定期チェックですよね。どこか気になるところありますか？」

「それがね、部分入れ歯の引っかける部分が緩くなっちゃった気がして」

「わかりました。今日はそれも先生に診てもらいましょうね」

ゆっくりと時間をかけて階段を上がりながら、椎奈は受付で確認するような内容を聞いておく。そうすれば、野中が掃除を終えて戻ってきたときに手間がひとつなくなるからだ。

「それでは、こちらでお待ちくださいね」

優しいペールグリーンを基調とした待合室へと佐藤を案内して、椎奈は支度に取りかかる。

手指の消毒をしっかりとしてから器具の準備をするのも、歯科衛生士である椎奈の仕事だ。

九時になり、院長の準備が整うと、いよいよ診療開始となる。

診療用の椅子に佐藤が座るのを手伝いながら、先ほど聞き取ったことを院長に申し送りする。

「部分入れ歯のクラスプが緩んできちゃったのか。じゃあ僕、奥で調整してくるから、その間に歯石とフッ素をお願いね」

「わかりました」

院長がひと通り患者の口腔内を診察して処置することが特になかったら、歯科衛生士である椎奈の出番だ。歯科衛生士の業務のひとつに歯科予防処置といって、歯石を取ったり虫歯予防のための薬を塗布したりといったものがある。

「佐藤さん、今日もきれいに磨けてますね。でもちょっと、強く磨きすぎてるところもあるので、優しくでお願いしますね」

歯石を取りつつ、歯や歯肉の様子も確認していく。こうした歯磨き指導も業務だ。

専門学校に行くまで、椎奈は歯科助手と歯科衛生士の違いをわかっていなかった。だから、高橋院長に学校へ行きなさいと言われたときも、正直理由がよくわからなかった。

働き始めて時間が経《た》ってから、その言葉のありがたみが身にしみた。

そもそも歯科助手と歯科衛生士とでは業務の幅がまったく違うし、そのため当然待遇も違う。学校へ行って学んで資格を取るのは時間がかかって大変だったが、給与の面から考えると大正解だった。

歯科衛生士にならず歯科助手として働いていたら、翔流をひとりで育てるのには今よりもっと不安があったかもしれない。

「小林さんは丁寧にやってくれるから、痛くないし怖くなくていいわ」

施術が終わると、佐藤がほっとしたように言った。

歯石を取るのはスケーラーという先端が細く尖《とが》った器具を使うから、慎重にやらないと血が出てしまうこともあるのだ。

「私も歯石を取られるときに怖いなって思っているので、うんと気をつけてるんですよ」

「やっぱりそうよね。人の口だからって、遠慮がない人もいるのよ」

佐藤はここに通うようになるまで行っていた歯科医院でよほど嫌な思いをしたらしく、この話をたびたびする。それを何度も聞いて、大人になっても歯科医院に来るのはやはり苦手意識がある人が多いのだなと、しみじみと思っていた。だからこそ、少しでも嫌な思いをせずにいてもらいたいとも思う。

「小林さんが歯医者さんで働こうと思ったのは、やっぱり歯のことが好きだから？」

ふと、佐藤がそんなことを尋ねてきた。この手のことはたまに聞かれるが、そのたびに苦笑している。

「私は子供の頃、虫歯で苦労したというか、高橋先生に苦労をさせたというか……なので、歯のことは好きとか嫌いではなく、大事にしないとなーって思ってるんですよ。健康にも長生きにも、歯は大切ですし」

椎奈はお金のことやここで働くに至った事情は伏せて、自分のことを話した。身も蓋もない話をするなら、歯科衛生士になったのはお金のためで、院長が雇ってくれると言ったからだ。

ただ、働いてみると意外にこの仕事は好きかもしれないと思っている。

「小林さんも虫歯だったことがあるのねぇ。これからもお互いに、歯の健康には気をつけて過ごしましょうね」

「はい。ではまた一ヶ月後に」

部分入れ歯の調整も終わり、佐藤を送り出す。

その後も途切れることなく患者はやってきて、椎奈は働き続けた。

歯の詰め物が取れてしまった、歯が痛い、顎が動かしにくくなったなど、やってくる人たちの事情は多岐にわたる。治療のいるものがあれば院長の傍らで診療補佐をするのも、歯科衛生士の業務のひとつだ。

今日は補佐をするよりも、椎奈自身が行う業務が多かった気がする。

十八時過ぎ、ようやくすべての患者を送り出してから、椎奈は大きな溜め息をついた。

仕事中はあまり考えないようにしていたが、朝の出来事を思い出すと、どうしても気持ちが重たくなった。

これから足りない夕飯の材料を買って、翔流の待つ家に帰らなくてはならないというのに。反抗期を迎えたのかもしれないと思うと、どうすればいいかまったくわからなかった。

「何よ、小林さん。大きな溜め息なんかついちゃって」

更衣室で制服から私服へ着替えていると、野中に声をかけられた。構ってくれと言わんばかりの態度だったと反省しつつ、椎奈は朝の出来事について話した。

椎奈より長く生きているぶん、何かいいアドバイスをくれるかもと思ったのだ。

しかし、野中は日頃から難しい表情を浮かべているその顔をさらにしかめて、呆《あき》れたように息をついた。

「小林さん、あんたね……親でもないのにべったりしすぎなのよ。少しは放っておいてやりなさい」

「え……そ、そうですよね」

胸にグサリと刺さることを言われたが、確かにその通りだと思って頷《うなず》いた。

椎奈は翔流の叔母で保護者であっても、親ではない。それを改めて突きつけられると傷つくものの、事実だから仕方がない。

「趣味でも彼氏でもいいから、何か手間がかかるもんを作りなさい。構うもんが他にないからそんなに悩むのよ」

「そ、そうですね」

フォローなのか何なのか、そんなことを言って野中は帰っていった。残された椎奈も院長に挨拶をして、クリニックをあとにした。

スーパーに行くと、夕飯の買い出しに来たと思《おぼ》しき人々で混んでいた。椎奈は入り口近くの青果コーナーでキャベツを選び、人波を避《よ》けながら精肉コーナーへ向かう。

「わ……合い挽き肉に半額シールが貼られてる。しかも大きいパック！」

迷わずカゴに入れながら、何を作ろうかと考える。予定通りロールキャベツとメンチカツは作れるし、この量ならキーマカレーも作れそうだ。それならば中に入れる野菜も買い足さなければと、青果コーナーに戻ってピーマンとセロリを探す。

もしやと思って〝おつとめ品〟のコーナーへ行くと、少しくたびれてはいても立派なセロリが半額になって売られていた。それとピーマンをカゴに入れ、次に向かうのはアルコールの棚だ。

「趣味か彼氏ねぇ……」

今日はレモンサワーにしようかハイボールにしようか悩みつつ、先ほどの野中の言葉を反芻《はんすう》していた。

思えばこの十年、小さな翔流を無事に育てるのに必死で、恋愛はおろか友達付き合いもなかった。できなかったというより、しなかったといったほうが正しい。

高校時代も専門学校時代も、親しくしている友人はいたが、一緒に遊んだり遠出をしたりという余裕はなかった。そもそも、預け先がないのに遊びに行けるわけがない。周りの人たちは親切で、頼めばおそらく預かってはくれただろう。しかし、誰かに翔流を預けて遊びに行くということが、椎奈にはどうしてもできなかったのだ。

誰かにだめだと言われたわけではないのに、何となくしてはいけないことだと感じていた。

恋愛についても同様だが、そもそも恋のときめきすら知らずに大人になってしまった。テレビを見れば好みだと感じる男性芸能人はいても、その人とどうこうなりたいとか、恋人がほしいとか、そんな感覚を持たないままこれまで生きてきた。

それで困ることも、特にはなかったのだ。

勉学とバイト、就職してからは仕事に忙しく、当然趣味もない。

強いて何か趣味を挙げるなら、それは甥っ子の翔流と酒だ。大好きな翔流と酒が存在していれば、何の問題もなく楽しく生きていける。大きくなったとはいえ翔流はまだまだ可愛いし、酒は美味《おい》しい。あれこれ考えて眠れない夜も、ほろ酔い気分で布団に入れば眠れてしまう。

生かし、育てるのに必死で、本当に大変な十年間だった。それでも彼が育っていくのが嬉《うれ》しくて、懐いてくれるから可愛くて、幸せな十年間でもあった。

それなのに椎奈も翔流も、時々他人からかわいそうだと言われる。親代わりをさせられて苦労しているからと。親がいなくて寂しいだろうからと。それを言われるたびに、椎奈は嫌な気持ちになった。

翔流の本音はわからない。しかし、少なくとも椎奈は不幸ではなかった。大変なのと不幸はイコールではない。大変でも、翔流との生活はかけがえのないものだ。

何より、残された椎奈が翔流を守ってやるのは当たり前のことで、そこに不幸だとかかわいそうだとかはない。誰に強いられたわけではなく、椎奈がしたくてしたことだ。

だが、反抗期が来たということは、それも終わりに近づいているのだろう。もう、翔流は椎奈の助けなしに生きていこうとしている。

(子離れならぬ、甥っ子離れする時期なのか……もう少し先だと思ってたんだけど)

事実を冷静に受け止めつつ、しんみりとしてしまう。だが、スーパーを出て家が近づいてくると、「よし!」と気合いを入れて表情を明るくした。

疲れていても落ち込んでいても、それを家に持ち込まないと決めている。子供は大人の表情の変化に敏感だというから。それは中学三年生であっても変わらないだろう。

「ただいまー」

翔流が自分のもとから離れていってしまうにしても、もう少し先だ。それならばその日までうんと可愛がろうと考えて気持ちを上げて玄関を開けると、見慣れない靴があった。

それに、翔流のだけではなく他の気配も。

「あ、しーちゃんだ。おかえりー」

訝《いぶか》しみつつも手洗いとうがいをして居間へ行くと、テレビを見ていたらしい翔流が振り返った。その隣には、見知らぬ男性がいる。

「お米といで炊飯器のスイッチ入れといたよ」

「あ、ありがとう」

「今日の夕飯って何？」

「竜田揚げの予定だけど……」

翔流は見知らぬ男性については一切言及することなく、台所の冷蔵庫に向かった。

「そうかなって思って漬け込んどいたよ」

「え、あ、ありがとう。じゃあ、あとは揚げながらキャベツ刻んで、お味噌汁作るだけだ」

「やったー」

気になることも突っ込みたいこともたくさんあるが、ひとまず夕飯を作らなければと、椎奈は台所に立つ。

お腹《なか》が空《す》いているし、疲れていて脳が思考を放棄した。

油を熱してその中で衣をつけた竜田揚げを揚げながら、キャベツを刻んでいく。二人分より多い気がする竜田揚げが出来上がっているなと感じつつも、それをあまり考えないようにしながら味噌汁を作る。

（もしかして、私にしか見えてないとか？　まさかね……）

あまりにも翔流が男性の存在について触れないから、そんなことを考えてしまう。だが、それは馬鹿げているとすぐに打ち消す。

オバケなんていないのだから、椎奈にしか見えていないなんてありえない。

「翔流、そろそろ配膳できるからテーブル拭いてくれ、る……？」

指示をしようと振り返ると、テーブルはすでに拭かれ、箸とご飯をよそった茶碗がセッティングされていた。三人分。

それを見て、椎奈はやはりこの男性は自分にしか見えないものなのではなく普通に存在し、翔流も知覚しているのだと理解した。

理解すると同時に、驚きやら何やら複雑に入りまじった感情が噴出する。

「翔流、その人は誰？」

無断で家に上げているのは問題とはいえ、友人だった場合を考えてあくまでにこやかに聞く。

質問した椎奈を、翔流も男性もまっすぐに見つめ返してきた。その視線に疚《やま》しさは感じない。

そうして見つめられて、椎奈はその男性の顔がとても整っていることに気がついた。よれよれのスウェットのようなものを着て髪もボサボサ気味だからパッと見ではわからなかったが、いわゆるイケメンというやつである。テレビの中で俳優をやっていても、違和感のない容姿だ。

それに何より、どことなく懐かしさを感じる。

「この人はね、テンちゃん」

「……ん？」

名前を言ったきり、翔流の口から詳しい情報が出てくることはなかった。普通ならここで、〝同じ学校の〟だとか〝部活の交流で知り合った〟だとか、相手との関係がわかる説明がされるべきだろう。

とはいえ、テンちゃんだと紹介された男性は翔流より年上に見える。あきらかに学校関係の友人ではないだろう。

「どうも、テンです」

「あ、はい、どうも……」

人懐っこい笑みを浮かべて挨拶をされ、椎奈もついペコリと頭を下げてしまう。それを見て翔流が小さく拍手して、「おおー、いい感じじゃん」と言う。一体何がいい感じだというのだろう。

さすがに訳がわからなくて、これは保護者として叱らねばならないのかと椎奈は考え始める。

友達を家に上げるのは問題ないが、事前に連絡を入れるのが約束だ。それを破った上、まともな説明が未《いま》だにされていないのが問題だと感じていた。

「翔流、ちゃんと説明して。この人はどこのどなたで、あなたとはどういう関係なの？　お友達を家に呼ぶのは全然構わないんだけど、ただ説明はちゃんとしてほしいなって」

どうにか柔らかく聞こえるように声を抑えて言えば、翔流は〝今気がついた〟みたいな顔をする。

「ごめん、そうだよね。えっと、何て言えばいいのかな……」

ただどういう関係なのか知りたかっただけだというのに、なぜかそこで翔流は困っていた。テンと名乗った男も、〝困ったなー〟とでも言いたげに頭をかいている。

一体何が困るのかわからない椎奈は、そんな二人を見てイライラする。

「テンちゃんは、友達だよ。もう何年も前から知り合いの。でも、学校の友達じゃないんだ」

「そうよね。初めて会うもん。翔流の学校の友達なら、さすがに私もわかるはずだし。それで、どこで知り合ったの？」

「えっと……空き地の祠《ほこら》？　かな。しーちゃんは知らないかもしれないけど、この町にあるんだよ」

翔流の歯切れがどんどん悪くなり、テンと不安そうに顔を見合わせた。

そんな様子を見せられると、何だか悪いことをしている気分になる。

責めたり怒ったりしたかったわけではないのだ。ただ事情を聞きたかっただけ。だが、お腹を空かせた状態でやるべきことではなかったかもしれない。

見るからに訳ありなのは明白だ。それをこんな詰問みたいにして話させようと思ったのが間違いだったと、椎奈は反省する。

「……とりあえず、ご飯食べようか。お腹空いちゃった。翔流はお茶出して。あとは運ぶから」

努めて明るく言ってから、椎奈は出来上がったものを食卓に配膳した。慌てていたもののキャベツは上手に切れているし、竜田揚げも美味しそうに揚がっている。味噌汁も具材がワカメだけとやや貧相ではあるものの、食事としては申し分ない。

人を呼ぶとわかっていたのなら、もう少し豪勢なものを作れたのだが。

テンは翔流に促され、食卓についている。目をキラキラさせて食事を期待しているのを見てしまうと、椎奈の心にあった警戒心が、わずかに緩む。

「じゃあ、食べようか。――いただきます」

全員で手を合わせ、食べ始めた。

テンは箸の持ち方に若干のぎこちなさがあるものの、旺盛《おうせい》な食べっぷりを見せていた。どうやら、竜田揚げがお気に召したらしい。翔流に勧められて、キャベツにマヨネーズと醤油をかけて食べて、それも気に入ったようだ。

まだ成長途中の翔流と並ぶと、テンは大人の男に見える。彼の父の竜郎が生きていたらこんな並びになっただろうかと考えて、胸がチクリと痛んだ。

気がつくと椎奈は姉の果歩が亡くなったときの年齢を追い越し、次の誕生日で義兄の竜郎の歳《とし》に追いつく。そのことを意識すると、時々たまらない気持ちになるのだ。

(二人以上で食卓を囲むのが久しぶりで、しんみりしちゃったのかな……)

妙なタイミングで沈みかけた気持ちを、椎奈はすんでのところでとどめた。これがいつもの食卓なら、晩酌をして明るい気持ちになるのだが、今はそれもできない。

どのみち今日は、翔流と話し合わなくてはならないことがあったから、飲めるとしてもそのあとだ。

「さて、お腹が満たされたところで、さっきの話の続きをしましょうか。……翔流、このテンさんは、何か訳ありなんだよね?」

暗くならないように、責める口調にならないように。椎奈は気をつけて口を開いた。

すると落ち着いたのか、吹っ切れたのか、翔流は明るい表情で椎奈に向き直った。

「テンちゃんね、しーちゃんの彼氏になりにきたんだ！」

「……はい？」

甥っ子の口から出た言葉がまったく理解できなくて、ぐっとこらえてようやく聞き返せた。

テン本人を見れば、やや緊張した様子で〝うんうん〟と頷いている。何が〝うんうん〟なのだ。

椎奈は口を開きかけて、やめた。代わりにスーッと長めに息を吸い込む。

それから混乱しつつも、何とか頭をフル回転させた。そして、朝の反抗期の続きかもしれないと、そう判断した。

「……なるほど。この人は、私の彼氏になりにきたのか。ふんふん」

まったく納得できていないくせに、一旦呑《の》み込めているふりをする。頭ごなしに「何を考えてんのよ」と叱り飛ばすこともできるのだが、それをすれば心を閉ざしてしまうかもしれないからだ。

子育てにおいても、人間関係においても、大事なのは対話だという。だから、言葉のキャッチボールを続けてみようと椎奈は試みる。

「えっと、テンさん。あなたはもしかして、翔流に無理やり連れてこられたんですか？」

　ボールを投げる相手を、翔流からテンに変えてみた。何となく、翔流に聞いても埒《らち》が明かない気がしたのだ。

　椎奈に話しかけられたのが嬉しかったのか、テンの表情がパッと明るくなる。

「無理やりではないけれど、『しーちゃんの彼氏になって、大切にしてあげてほしい』とお願いされて、それで来たんだよ」

　テンは笑顔で、とても無邪気にそんなことを言う。だが、彼のその明るい表情とは対象的に、椎奈はどんどん暗くなっていった。こっちに聞いても埒が明かないじゃないか、と。

「お願いって、そんな……あなたもあなたですよ。お願いされたからって、ホイホイついてきちゃだめです。それに、私は彼氏なんていらないので」

　こればかりははっきりさせなくてはとぴしゃりと言うと、テンは困ったような顔をした。翔流のほうは、不満そうにやや唇を尖らせている。

「しーちゃん、何で？　テンちゃんはおすすめだよ」

「おすすめだよって、あんたね……彼氏を何だと思ってんの？　いくら良さげな人がいたとしても、その人に『彼氏になってください』って頼んで『うん、いいですよ』って本人不在のところで成立させるもんじゃないのよ。わかる?」

「普通はそうだろうね。でも、テンちゃんは神様で、だから僕は『しーちゃんのこと守ってくれる素敵な彼氏ができますように』ってお願いしたからこうなったんだよ。テンちゃん自身がなってくれるって」

「………はぁ?」

話が理解できない上に無茶苦茶なワードが飛び出してきてしまったため、思わず不機嫌な声が出てしまった。

恐るべき反抗期、と思いつつ、我慢できずに冷蔵庫から取り出したハイボールを開ける。普通のサイズではだめだと判断し、ロング缶を開けてひと口飲む。

アルコールの甘さと香りが鼻を抜け、シュワシュワとした炭酸が喉を滑っていくのを感じると、気持ちは少し落ち着いた。

「ちょっと待って……神様って何? 何となく無職っぽいのかなとは思ってたけど、この人はそういうのなの? 新興宗教か何か? うちの子を騙《だま》してお金でも毟《むし》り取ろうって言うの?」

混乱がやや収まると、次に湧いてきたのは怒りだ。

甥っ子の訳ありの友人か何かだと思って、一旦事情を聞くのを保留して食事を提供したのに、いざ聞いてみたらこんなことを言われれば、怒りたくもなるというものだ。彼氏になりに来たというだけでも腹立たしいのに、〝神様〟だなんて、ふざけているにもほどがある。

「しーちゃん、違うよ。そういうんじゃなくて……」

椎奈が怒っているのがわかって、翔流がなだめようとするが、だめだ。

こういうことははっきり言っておかなければ後々まずいことになると思い、全部ぶちまけてしまうことにした。

「私、そもそも神様とかそういうの信じてないんだけど、その中でも霊感商法っていうの？　ああいうのが本当に無理なの。絶対に嫌！　幸せになりたいのに、何でお金を差し出さなければいけないの？　お金はもらったとしても、絶対にあげない！　お金をくれる人のことなら手を合わせて拝んでやってもいいけどさ、逆に差し出せなんていうやつのこと信じるわけないじゃん！　絶対に無理！　お金はもらうもの！　何があっても他人に差し出さない！」

怒りに任せて、椎奈は一気にまくし立てた。

子供の頃は神様も不思議なものも信じていた。それこそ翔流が言うような、小さな祠に手を合わせたこともある。未知なるものへの畏敬の念のようなものは、当たり前に持っていた。

だが、それも果歩たちが元気なときまでだ。

大好きな姉と義兄を不幸な事故で亡くしてからは、神様を信じなくなった。信じられなくなった。

なぜなら、もし神様がいるのなら、彼女たちの命を奪うなんて酷《ひど》いことはしないはずだから。幼い子供を残して若い夫婦の命を奪うなんてこと、神様がするわけない。

しかし、事故は起きた。姉たちは死んで、椎奈と小さな翔流が残された。

それを受け止めた日に、椎奈の中の神は死んだ。

「うちはさ、何も知らない人から見たら〝かわいそうな子たち〟だから、これまで何度かそういうのの餌食にされそうになってきたんだよね。きっとどっかで噂が回るんだよ。『あそこの家に格好のカモがいますよ』ってね。……馬鹿にしてるよねぇ」

果歩たちの葬儀が終わってから、立て続けにいくつかの宗教の勧誘がわざわざ家に来たのだ。「神を信じますか」「神があなたたちをお救いになります」などと言って。

ただでさえ忙しいのに、そんな不愉快なことを言われるのが嫌で、椎奈の心はどんどん荒《すさ》んでいった。最後のほうは本気で嫌になって、泣きながら塩をまいて追い払っていたほどだ。「そんなこと言うなら今すぐ奇跡を起こして、お姉ちゃんと竜くんを返してよ！」と。

しかし誰も、そんな奇跡を起こせやしなかった。当たり前だ。神様なんていないんだから。

そのときのことを思い出して、椎奈の腸《はらわた》は煮えくり返っていた。

「翔流、この人にお金取られてない？　お小遣いは好きに使っていいって言ってるけどさ、そういうのだけはだめ」

「取られてないよ……てか、テンちゃんはそんなんじゃないし」

「そんなんじゃないって、どうしてわかるの？　悪いやつほど、優しい顔して近づいてくるもんなんだよ？」

怒るよりも翔流が心配で言うと、彼はなぜだか悲しそうに顔をしかめた。それを見て、曲がりなりにも彼の友人の悪口を言ってしまったと気づいて、椎奈は反省した。

「……ごめん。言いすぎたね。でも、私はこの手の話が本気で嫌いだから。それにあなただって、『神様の証拠見せて』って言われたら困るでしょ？　だから、そういうの言わないほうがいいと思いますよ」

翔流に謝罪し、それからテンに向き直った。彼は複雑そうな顔をしていたが、少し考えてから何かを思いついたように頷く。

「それならもし、証拠を見せたら信じてもらえるってことだよね？　じゃあ、何かちょっとしたお願いをしてみて。それを叶《かな》えてみせるんで」

何を考えているのか、テンはあれだけ怒った椎奈を見ても引き下がらなかった。並の神経をしていたら、あんなに怒られて〝自称神様〟を続けるのは難しいだろう。だが、テンはどうやら続けるらしい。

「もう、そういうのいいから……って言いたいとこなんだけど、どうせ何かお願いするまで退《ひ》かないんでしょ？　それなら、夕飯の食器を片付けてほしい。もう私、何もしたくないから」

やれるもんならやってみろの気持ちで、椎奈は言ってみた。それに、洗い物をしたくないのも本当だ。

だから、どんな手段であれ食器を誰かが片付けてくれるのならありがたい。そんなふうに思って言ったのだが、テンは何かを考える素振りを見せて、頷いた。

テンは集中するように目を閉じて、「――ふん」と唸《うな》った。すると、食卓の上の食器がふわりと浮いた。それから、吸い込まれるようにシンクへと移動していく。

「……なるほど、なるほど。ふーん……そういうやつね」

目の前の信じられない光景に、椎奈はハイボールをグイグイあおる。そうしている間にも、シンクの中で皿とスポンジがひとりでに動き、ブクブク泡立ちながらきれいにされていく。

ありえない出来事だ。だが、この世に不思議も奇跡もない。だから何か種や仕掛けがあるのだろうと、ハイボールのロング缶を飲みきった椎奈は結論づけた。

「……これで、信じてもらえたかな」

ややぐったりした様子で、テンは椎奈に尋ねた。その必死な様子を見て、何となく察するものがある。

きっとこの人は、行く当てがないのだろう。それで翔流を頼ったのだ。

そして「神様のふりをしてしーちゃんの彼氏に立候補しよう」なんて、不思議ちゃんの翔流が考えた案に乗っかってしまったがために、今こんなことになっているに違いない。手品だかイリュージョンだかわからないが、そういった技術でごまかせると考えたのだろう。

それが、椎奈のテンに対する推測だった。

「……普通に頼ってくれればいいのに」

冷蔵庫を開けて、ふた缶目に手を伸ばすかと考えて、結局やめた。何となく、今夜は酔えない気がする。

甥っ子は反抗期だし、変な男は上がり込んでいるしで、散々な日だ。どれだけアルコールの力に頼ろうとも、頭は冴えてしまうだろう。

「あんた、行くとこないんでしょ？　だから、翔流を頼ってここに来たんだよね？」

椎奈が尋ねると、翔流とテンは驚いたように顔を見合わせ、それから力強く何度も頷いた。椎奈が何を言おうとしているか察したらしい。だが、どこかでまだ信じられないようで、目の奥に不安が浮かんでいる。

「それなら、別にここにいていいから。好きなだけとは言わないけど、まあ、何らかの目処《めど》がつくまで？　この家、部屋数はあるわけだし」

井成社長が貸してくれているこの家は、一階に二部屋と二階に三部屋の五Kだ。二人で暮らすには無駄に広い。だから、人がひとりくらい増えても問題はないのだ。

「え？　しーちゃん、本当にいいの？」

信じられないらしく、翔流は嬉しそうにしつつも、椎奈に尋ねる。意見を翻さないか、それが心配なのかもしれない。

「いいって言ってるでしょ」

「……なんで？」

「なんでって、それは、ほら……」

理由ならある。だが、それを真正面から尋ねられると、どうにもうまく言えなかった。

「とにかく、ここに住んでいいから。でも、翔流に何かしたらただじゃおかない。いい子にして。あと、歯磨きはしな。虫歯は怖いんだからね！」

それだけ伝えると、椎奈はハイボールの缶を洗って捨てて、自室へと向かった。「ありがとー！」と翔流とテンが言うのが聞こえたが、それに応える元気はもうない。

だが、これからメイクを落として、風呂に入らなければならない。どれだけしんどくても疲れていても、風呂に入ってからではないと眠らないと決めている。今日は週末だが、土曜も昼まではいえ仕事だからだ。

もしかしたら、昼からはどこか知り合いの店を手伝うことになるかもしれない。昔お世話になったよしみで、今でもたまにかつてのバイト先や近所の店を手伝いにいっているのだ。少額ではあれ、それでお金をもらえるのが、家計を大いに助けてくれている。

「……バイト増やすかぁ」

テンを加えたこれからの暮らしについて頭を巡らせて、そんなことを考える。十分やれるとは思うのだが、不安は少しでも解消しておきたい。

不安が生じても椎奈がテンを受け入れようと決めたのは、たくさんの人に恩があるからだ。

この十年、椎奈が翔流を抱えて生きてこられたのは、周りに親切な人がたくさんいたおかげであるが、みんな椎奈にその恩を返せなんて言わない。

だから、いつか困った人が目の前に現れたら迷わず助けようと決めていた。それが何よりの恩返しになると、たくさんの人たちが口々に言うから。

そのいつかが、今来たというだけだ。

「お姉ちゃんと竜くんが生きてても、たぶん助けたと思うし……仕方ないかぁ」

迷ったときに思い浮かべるのは、亡き姉夫婦のことだ。優しくて頼もしかった二人を思えば、弱音なんて吐いていられない。

そうして、テンを加えた奇妙な三人暮らしが始まったのだ。

2

翌朝、アルコールを飲んだ次の日特有の怠《だる》さは残っているものの、椎奈は無事に目を覚ますことができた。

人が起き出している気配と、何かいい匂いがする。

早めに起きた翔流がお腹を空かせて台所に立っているのかもしれないと思い、椎奈は布団を出た。

「おはよう、翔流。何作ってるの？　って……」

台所には、見知らぬスウェット姿の男性と、その横ではしゃぐ翔流がいた。それを見て、椎奈はこの得体の知れない男性、テンを居候《いそうろう》させることにしたのを思い出した。

昨夜は呑み込めなくても呑み込まなくてはならないと、結局ハイボールを飲んだあとレモンサワーのロング缶をさらに開け、そのまま眠ったのだ。

アルコールの力を借りて無理やり眠るのはいつものなのだが、日頃よりさらに思い煩うことが多く寝づらかった。

「あ、しーちゃんおはよう！　テンちゃんが朝食作ってくれてるんだ」

「椎奈は先にこれを飲んでね」

「え、あ……ありがとう」

戸惑っているのは椎奈だけで、翔流もテン本人も馴染《なじ》んでいる。翔流はいい匂いをさせるフライパンを見つめているし、テンは椎奈にグラスを差し出してくる。その中には、緑色の液体がなみなみと入っていた。

「……何これ」

受け取ってみたものの、得体の知れないそれを飲む気にはなれなかった。しかし、テンは味の感想を聞きたいのかニコニコして見てくる。

「二日酔いに効くスムージーってやつ、作ってみたんだ」

「作り方は僕のスマホで調べたから、変なものじゃないよ」

テンの答えに、すかさず翔流がフォローした。この得体の知れない緑色の液体を独自に作られたと言われると絶対に飲みたくないが、一応はレシピを見たのならひと口くらいは飲んでみようかと思える。

「ん……うん？　飲めるな……」

期待の眼差《まなざ》しに見つめられるのに耐えかねて、椎奈は思いきってグラスに口をつける。すると、見た目のわりに飲みやすく、起き抜けで喉が渇いていたのもあって飲み干せてしまった。喉越しは、あまりよくなかったが。

家にあるミキサーは、何年も前に商店街の福引で当てたものだ。もらってすぐの頃はかなり使ったが、そのうちにしまいこんで存在を忘れていた。粒感が残るのが料理を選ぶため、段々と使わなくなったのだ。つまり、そのミキサーで作ったスムージーは、あまり滑らかではないということである。

「小松菜とキウイとバナナと牛乳で作ったんだ」

「そういえば、冷蔵庫に全部あるね」

「蜂蜜も入れた」

「……いつ買ったやつだろ」

テンに材料を聞いて、椎奈は少し不安になった。メインの材料は冷蔵庫に日頃からあるものだが、蜂蜜については家にあったことすら忘れていたものだ。

とはいえ、傷んだ味みたいなものは感じなかったから、ひとまず大丈夫だろう。そう信じるしかない。

「テンちゃん、両面に焼き色がついたら出来上がりでいいの？」

フライパンを覗《のぞ》き込んでいた翔流が、そわそわして尋ねる。

「うん。これを、半分に切ったら……ほら。ホットサンドの完成」

「わぁ！　チーズたっぷりだ！　美味しそうだね」

どうやらホットサンドを作っていたらしく、テンは出来上がったものをフライパンから皿に移すと、それを目の前で包丁で切ってみせた。断面からチーズがとろけて溢《あふ》れ、食欲をそそる見た目をしている。

「ホットサンドメーカーがなくてもできるんだね」

「うん。昨日、翔流がスマホを貸してくれたから、それで調べたんだ」

椎奈が感心すると、テンは嬉しそうにしていた。大人なのに妙に無邪気で、どう扱っていいのか悩む。

それにやはり、神様ではない。こんな人間くさい神様なんているわけがないのだから、訳ありのマジシャンということで間違いないのだろう。

「もしかして、これは一人前？」

「そうだよ」

「多いな……私はこの半分だけでいいからね」

六枚切りの食パンを二枚使ったホットサンドを一人前と言われてしまい、椎奈はややげっそりした。中学生男子ならいざ知らず、アラサー女性にその量はきつい。

たっぷりスムージーを飲んだあとで、正直に言えば半分もいらないのだが、作ってくれた二人にそんなこと言えるはずもなく、仕方なくかじった。

「ケチャップで炒めたキャベツとチーズの組み合わせ、美味しいね」

「よかった！　キャベツならたくさんあったから、使ってもいいかなって思って」

「……冷蔵庫にある食材なら、何だって使っていいから。これで、今日のお昼に何か買って食べてね」

翔流が家計のことを考えているのが伝わってきて、椎奈は嬉しいものの申し訳なくなった。気兼ねせずに育ってほしいと思っているのに、こんなふうに気遣えてしまうのは何だかかわいそうだ。

財布を取ってきて、その中から五千円を抜いて渡しながら、ふとテンの服装が昨日から変わっていないことに気がついた。

風呂には入ったはずだ。それなのに服装が変わっていないというのは、それ以外に持っていないということなのかもしれない。

「……翔流、テンさんって服とか持ってる感じ？」

コソッと翔流に耳打ちすれば、彼は少し考えてから首を振った。

「私物らしい私物はないみたい」

「着たきり雀《すずめ》の無一文か……仕方ない。これ、軍資金ね」

財布から追加で二万円を取り出して、それを翔流に握らせた。それで意図は伝わったらしく、彼はしっかり頷いた。

「買い物に行くのにもあのスウェットっていうのは考えものだけど……翔流の服じゃ、ちょっとサイズ合わなそうだもんね」

翔流とテンの背格好を見比べると、成長期の翔流に対してあきらかに成人しているテンのほうが体格がいい。翔流は伸び盛りではあるものの、まだ子供の背格好だ。だから、大人に服を貸すのは難しいだろう。

「お父さんの服を貸すのは？　サイズ、ちょうどいいんじゃないかな」

「え？」

翔流の提案に、椎奈はテンが竜郎の服を着ているのを想像した。それがあまりにもしっくりきてしまって、慌てて頭の中からその姿を追い出す。

昨日、初めてテンを見たときに感じた懐かしさの正体がわかった気がして、嫌だったのだ。

「大事にとってはいるけど、しまいこんでるものだから着れるかわかんないよ」

「そっか」

提案に深い意味はなかったらしく、翔流はあっさり引き下がってくれた。

両親の遺品に対して、翔流はわりとドライなところがある気がする。でなければ、先ほどのような提案はしないだろう。

彼が今を生きていることは嬉しいものの、時々自分との温度差に椎奈の気持ちは行き場をなくす。椎奈はまだ、姉と義兄の喪失を乗り越えられていない。

「じゃあ、今日買いに行ってくるよ。ちょうどほしかった参考書があるから、それも見てくる」

「え、参考書？　なら、もう五千円くらい渡しとこうか……」

「いいって！　しーちゃんのお財布からお金なくなっちゃうじゃん！　大人のお財布にお札がないのはまずいって」

「いいのいいの。私は電子マネー派だから。ポイントつくし」

甥の手の中に千円札を五枚ねじ込んで、椎奈は食卓を立った。すると、キッチンカウンターに向かっていたテンが、くるりと振り返る。

「椎奈、これ持って行って」

「え……お弁当？」

小さめのタッパーを渡され、蓋を開けてみると、色とりどりのおかずが詰まっていた。それに、可愛らしいおにぎりも。昨夜の残りご飯を冷蔵庫に入れておいたから、それを電子レンジで温めたものを握ったのだろう。

平日は毎日自分と翔流のぶんのお弁当を作っているが、こんなに凝ったものは作ったことがない。基本的に、ご飯をぎっちり詰めてふりかけをかけたら、前の晩に余分に作っておいたおかずと、レンジで温めた温野菜を詰めるくらいだ。

「ありがとう。……美味しそう」

嬉しくなって、自然とお礼が口からもれた。それを聞いたテンは柔らかく微笑んで、再びフライパンに向き直る。今度は自分と翔流のぶんのホットサンドを作るのだろう。

「じゃあ、今から洗濯機回してからメイクするか」

「洗濯なら僕がしとくよ！」

家事のことに頭を回そうとすると、翔流が元気よく手を挙げた。日頃ならお願いするところだが、出かける予定があるのに頼むのは気が引ける。

「洗濯って、あの絡繰《からくり》でやるやつ？」

二人の会話を聞いていたテンが、そう尋ねてきた。妙な聞き方をするなと椎奈は思ったが、翔流は何も気にしていない様子だ。

「そうそう！　あの脱衣所にあるやつね。ボタンをピッピッて押せば、水を入れるところから全部自動でやってくれるんだよ」

「なるほど、あれか。――やってみよう」

翔流から説明を受けたテンが、目を閉じて何事か念じた。昨夜の皿を洗ったときみたいだ。

その直後、脱衣所から〝ピピッ〟と洗濯機の電源が入る音がした。そのあとに操作音が続き、やがて水が溜められる音までしてくる。

つまり、誰も手を触れていない洗濯機がひとりでに動き出したということだ。

「……マジックってすごいねぇ。助かるわー」

椎奈は正直言って、何が起きているのか理解できていなかった。――いや、理解するのを拒否したといったほうが正しいかもしれない。

いろいろ気になることもツッコみたいこともあるが、そんな余裕はない。気にしないふりをして椎奈はメイクを済ませ、そのまま仕事に向かったのだった。

高橋デンタルクリニックの土曜日の診療は昼の一時までだ。平日来られない人も多く存在していて、そんな人たちが駆け込むため、いつも慌ただしい。

今日も例に漏れず平日よりもさらに忙しく業務をこなしているうちに、あっという間に時間が過ぎていった。

そのあと、椎奈は商店街の中にある精肉店・田尾《たお》ミートへと向かった。夕方まで手伝ってほしいと頼まれたのだ。

田尾ミートは、精肉だけでなく唐揚げやフライも取り揃《そろ》えていて、週末になると特にそれらを目当てに人が多くやって来る。椎奈も翔流もここの揚げ物が好きで、通ううちに親しくなった。

自炊メインで暮らしているとはいえ、惣菜は忙しい日々の味方だ。そして、飲酒を覚えてからはこの店のボイルされたモツは、椎奈の大事なお供になった。

土曜にこうして手伝いに呼ばれたときは、椎奈は揚げ物を任されている。今日も熱気と香ばしい油の匂いに包まれながら、慣れた手つきで唐揚げやコロッケ、トンカツを揚げていく。

学生時代は田尾ミートでのバイト中はお腹が空いて仕方がなかったが、アラサーになった今は匂いだけでお腹いっぱいになる。その代わり、今は酒が恋しい。柑橘《かんきつ》系のサワーをこの空間で飲んだら最高だろうなと、想像するたびに早く家に帰りたくなる。

それを以前、店主の田尾氏に話すと大喜びされたが、クリニックの同僚である野中は「匂いをツマミにしだしたら、もうおしまいだよ」と呆れたように言われてしまった。

「椎奈ちゃん、これ今日最後のコロッケね」

ずっと隣で作業をしていた店主の妻・美沙子《みさこ》が、バットに山盛りにしたコロッケを運んできた。

「了解です。たくさんあるけど、すぐに売れちゃうんだろうなぁ」

粗めの衣がザクザクしたコロッケをトングで摘《つま》んで油へ投入しながら、椎奈は夕方近くの客入りについて考えた。精肉を扱う田尾ミートだが、時間帯や曜日に関係なく揚げ物が驚くほど売れるのだ。客の多くが口を揃えて、自分で作るより美味しいからと言う。

それには椎奈も同意だ。

「たまにさ、芋を潰しながら自分が何屋なのかわかんなくなるんだよね」

「ものすごい数ですもんね。美味しいお肉を仕入れる田尾ミートだからこそのコロッケって、みんなわかってるんですよ」

油の中でキツネ色に変わったものを、引き上げて油を切る。油に入れた直後は大きめの気泡が上がってジョワジョワと音を立てているのが、その泡が小さく細かくなり、軽めの音に変わったら上げ時だ。

こんがりした小判形のコロッケは、まとまった量が揚がるたびに店頭へと運ばれていき、次々と売れていく。

この店のコロッケは、しっかり炒めたタマネギと牛ミンチが入っている。ジャガイモも甘みが強くてほっくりした品種のものを使っているから、一度食べたらやみつきになるのだ。

だから、揚げた端から売れていくのは納得なのだが、今日も自分の口には入らないのだろうなと考えて残念な気持ちになる。平日の仕事が終わる時間には絶対に売り切れているし、土曜だってこんな感じだ。いつも、食べたいという気持ちだけ募らせて家に帰る。

「今日は絶対に揚げ物だなぁ。美味しい揚げ物を食べながらレモンサワーを飲みます」

「椎奈ちゃんたちはコロッケをおかずにできるから、いい子たちね」

「大吾《だいご》くん、コロッケ嫌いなんですか？」

ひと通り人気の揚げ物を作り終え、閉店間際のラッシュに備えるほんのひととき。椎奈と美沙子はそんな会話をする。

翔流と彼女の息子である大吾が同級生で仲がいいため、ささやかな情報交換も兼ねている。

「嫌いじゃないのよ。むしろ好きで、あればあるだけ食べるんだけど、おかずにはならないって言うのよ」

「えっ……一升の白米を平らげるあの大吾くんが？　おかずにならないなんて言うんですか？」

体格に恵まれてよく食べるのを知っている少年がおかずを選《よ》り好みすると聞き、椎奈は俄然興味が湧いた。大吾は以前、泊りがけで遊びに来たときに一升炊きの炊飯器に白米を持参でやってきたことがあるのだ。

その出来事と、田尾家の兄弟たちの食べっぷりエピソードを椎奈は気に入っている。男の子のわりにあまり食べない翔流を育てているから余計に、よその男子の食事情が気になる。

「上の子たちはコロッケをおかずに食べてくれるんだけどねー。大吾だけそうじゃなくて、この前もそれで言い合いになっちゃってさ。『そんなに嫌ならふりかけでもかけて食べてなさい』って言ったらあの子、レトルトのカレーを買ってきて食べてたの。それもまたカチンと来ちゃってさ」

「大変ですね。でも私、大吾くんの食べっぷりエピソード、好きだなぁ」

「大食らいの反抗期はヤバイってだけの話よ。本当、子育てって頭が痛くなること多いね」

美沙子のやや疲れた様子を見ると、本当に大変そうなのがわかる。だがそれでも時々、椎奈はそういう〝当たり前の大変なこと〟が羨ましくなるのだ。

これまで翔流が大きな病気ひとつせず、反抗期らしい反抗期を迎えずに成長しているのが恵まれているのもわかってはいるが。

「そういえば翔流くん、勉強頑張ってるみたいね。昼休みとか放課後、先生を捕まえて質問したり、逆に勉強が苦手な子たちの勉強を見てあげたりしてるみたい」

「そうなんですか？　朝だけじゃなくて放課後までなんて初耳だ……」

「学年上位の成績でもひけらかすことはないし、うちの大吾みたいな運動しかできないやつのことも見放さないでいてくれるし、いい子だよね」

「いや、それは大吾くんがいい子なのも理由としては大きいですから。うちの翔流は本当に小さな頃から大吾くんが大好きですもん」

美沙子に褒められ、椎奈は素直に嬉しくなった。自分の甥っ子が褒められるのは、やはり嬉しい。それで悩みがなくなるわけではないのだが。

「翔流、基本は本当にいい子なんですよね。時々、何を考えているのか本気でわからなくなるんですけど……」

褒められた手前、昨日の翔流のことやテンのことを話せなくなってしまい、椎奈はそう愚痴《ぐち》をこぼすにとどめた。

「翔流くん、ちょっと不思議ちゃんっていうか、天然さんっぽいとこあるもんね」

「そうなんです……」

美沙子の言葉に、椎奈は苦笑しながら頷く。「でも可愛いよね。アイドルになれそう」という言葉にも大いに頷きつつも、その可愛さにいろいろごまかされて、見るべきところを見逃しているのではないかと不安になる。

夕方になり、閉店前に客が一気に押し寄せる時間帯がやってきた。精肉も売れるが、それ以上にコロッケや唐揚げなどの惣菜が売れる。

田尾夫妻だけでは接客対応が間に合わなくなり、椎奈も表に駆り出され、商品を包んだり受け渡したりを手伝った。

そして閉店時間が過ぎ、ようやくほっと息をつくことができた。椎奈は〝田尾ミート〟とプリントされたオレンジ色のエプロンを外し、大きく伸びをした。

「椎奈ちゃん、お疲れ様。これ、よかったら持って帰って」

「わ……！　いいんですか？」

帰り支度をしていると、田尾氏と美沙子がビニール袋を手にやってきた。中を見ると、透明のフードパックに入った揚げ物がたくさん。

「残りものだからさ」

「でも……」

それは、残りものというにはあまりに量が多かった。そして、午後から手伝いに入っていた椎奈には、それらが残りものでないこともわかる。

しかし、ここの揚げ物が美味しいことは知っているし、これだけあれば数日分のおかずには困らない。何より、田尾氏と美沙子の優しさだ。そう思うと、断るなんてできなかった。

「ありがとうございます。実は今、家にひとり人が増えてて……持って帰ったら喜びますし、助かります」

袋を受け取ると、それはずしりと重かった。この人たちにこれだけ思いをかけられているのだと実感する。こうして、返せないでいるうちからどんどん恩を受けてしまうのだ。

「翔流くんの友達？　息子ってのは突然友達連れてくるから困るよね」

「……まあ、そんな感じです」

「でも、そういう体験も必要なのよ。たぶん、翔流くんの成長にいい影響があると思うよ」

「ですかね」

テンのことはまだうまく説明できないなと思い、椎奈は曖昧な受け答えをして店を辞した。

仕事が終わると、一気に疲れが押し寄せてくるし、頭の中は翔流のことでいっぱいになる。

スマホをチェックすれば、無事に服を買えたことや、帰宅して米を炊飯器にセットしたことなどがメッセージで送られてきていた。

元気だし、何も問題は起きていないことが伝わってきて、ひとまず安堵《あんど》した。

今から帰る旨を送ると、可愛らしいキャラクターが『了解』と言っているスタンプと、写真が一枚送られてくる。

その写真には、鍋いっぱいに具だくさんの味噌汁が出来上がっているのが写っていた。味噌汁やスープなんかは、これまで何度か留守番中の翔流が挑戦して作ってくれたことがある。そのたび嬉しく感じつつも、ひとり家で待つあの子にそんなことをさせてしまったことを申し訳なく感じもした。

しかし今は、そういった感情は湧かない。『テンちゃんと作ったよ』と写真に添えられたメッセージを見て、気持ちがほっこりしたほどだ。

「ただいまー。揚げ物たくさんもらってきたよー」

「おかえりー。やった！　大ちゃん家《ち》の揚げ物大好き！」

帰宅して玄関で声を上げると、台所から翔流が出てきた。そして、その奥からはおたまを持ったテンも現れる。

「おかえり、椎奈。配膳しておくから、手を洗ってうがいをしておいでよ」

「う、うん」

「揚げ物はレンジで温め直したほうがいい？」

「えっと、コロッケだけは温め直して。あとは常温のままで美味しいんだけど、コロッケだけは温めると格別だから！」

新しい服を手に入れて着替えたテンは、見違えていた。Tシャツにジーンズをさらりと着こなしているだけだが、素材の良さが際だっている。

何より、昨日やってきた居候とは思えないほどこの家に馴染んでいて、そのことが椎奈をどぎまぎさせた。

テンは椎奈から揚げ物を受け取ると、言われた通りにコロッケを温め直す支度を始めた。その手際の良い姿を見ていると、翔流がニヤニヤしながら近づいてきた。

「しーちゃん、テンちゃんに見惚《みと》れてるの？」

「ち、違うよ。そうじゃなくて、何か昨日より使えるやつになったなとか、馴染んできたなとか思って」

つい見てしまっていたのは間違いないが、それを見惚れていると言われるのは癪《しゃく》で、椎奈はそんな言い方をしてしまう。

「そりゃだって、テンちゃんは神様だからね。おもてなしをして捧げ物？　をすれば、力が増すのは当然だよね」

下手なごまかしを冷やかしてくるかと思いきや、翔流は真面目な顔をしてそんなことを言う。

「ちょっと待って。昨夜の夕食がおもてなしで、服代が捧げ物ってこと？」

「そういうことだね。さ、手洗いうがいしてきてよ」

翔流の言葉をわからないなりにわかろうとしたのに、軽く流されて洗面所へと促されてしまった。待たせるのも悪いと思い、それに素直に従う。

「わぁ……すごい豪華！」

洗面所から戻ると、居間の食卓には食事の用意が整えられていた。

白米と味噌汁、キャベツの千切り、そして揚げ物が皿に盛られていた。椎奈だったらきっと、今夜食べるものだけをいくつか選んで、フードパックのまま食卓に載せただろう。

皿に載せられているだけでもすごいと思うのに、きれいに一種類ずつ、ひとりひとりの分を取り分けて並べてあるのだ。

「一個ずつなら全種類食べられるかなと思って」

「その手があったか……いつも、『今夜は唐揚げ』とか『今日はとり天』みたいに、一種類ずつ食べてたから。全種類を一個ずつなんて！」

テンの発想に、椎奈は素直に感心した。喜ぶ椎奈を見て、テンも嬉しそうにする。

それから三人は手を合わせて「いただきます」をして、ワイワイと食事を楽しんだ。

椎奈も翔流もただ喜んで食べるだけだったが、テンは食べるごとに何かを考えている様子だった。

「なるほど……隠し味は柚子胡椒《ゆずこしょう》か」

唐揚げのひとつを食べて、テンが呟《つぶや》いた。同じものを食べたのに、椎奈は「さっぱりして美味しい」としか思わなかったから、えらい違いだ。

「これからは、食事全般は俺に任せてよ」

その日、テンが宣言してから、彼は料理を始めとした家事のいくつかを担当するようになった。

それにより、椎奈がするのは洗濯くらいのものになり、驚くほど生活の質が向上した。洗濯もテンがやると申し出てくれたが、さすがに居候の異性に下着を洗って干させるほど神経は太くない。

しかし、テンがひとりいてくれるだけで、暮らしていくのが楽になった。そのおかげか、翔流も毎日楽しそうにしている気がする。

(あの子にとっていい影響……確かに〝神様〟かもね)

ある休日、洗濯物を種類ごとにネットに入れる作業をしながら、椎奈はそんなことを考えていた。初日以来、神業のようなものを見せられたわけではないし、相変わらずあれもマジックか何かだと思っている。

とはいえ、彼が来てから悪いことなど起きてはいない。それどころか、上向いてきている気がする。

だから、テンの存在に感謝してもいいかと思い始めたのだが。

「……え？」

洗濯機のスイッチを入れ、回り始めた矢先、聞いたこともない音が鳴り響いた。

「いやいやいや！　何？　やだやだ！」

ガリガリガリという音とキュルキュルキュルという音が混じり合い、不協和音を立てている。そして、ありえないくらい振動している。

それに恐れをなし、椎奈は慌てて電源ボタンを押した。

「神は神でも、疫病神《やくびょうがみ》か……」

小さく悪態をつきながら、頭の中で電卓を叩《たた》く。瞬時に脳裏をよぎったのは、修理するならどのくらいかかるかということと、新品ならいくらくらいかということだ。

一般的に洗濯機の寿命は六〜八年と言われている。ちょうど歯科衛生士として働き始めたときに買ったものだから、寿命が来たと言われればそうなのだろう。

とはいえ、十年くらい使うつもりで買ったものだ。悔しいとか納得いかないという気持ちが先に立つ。

「……何も翔流の受験の年に壊れなくてもいいじゃんか」

軽く叩いたら直らないだろうかと拳を振り上げたところで、パタパタと駆けてくる足音が聞こえた。二階にも異音が聞こえて、それで翔流たちが下りてきたようだ。

「しーちゃん、どうしたの？」

「何か、洗濯機が調子悪いみたいで。怖い音がしたから慌てて電源切ったの」

椎奈が翔流に説明していると、テンがバツの悪い顔をした。それを椎奈は見逃さなかった。

「僕、修理できるか見ようか？」

「ううん。もうすぐ中間テストでしょ？　心配しないで翔流は勉強してて」

洗濯機に近づこうとする翔流を制し、椎奈はテンに手招きする。

「今からテンさんとコインランドリーに行ってくるから」

「え……わかった」

有無を言わさぬ口調で伝えれば、翔流もテンもコクコク頷いた。そのまま椎奈は洗濯機の中から回収したものをカゴに入れ、それをテンに持たせて家を出た。

「コインランドリー、ここから少し歩くから」

「うん、わかった」

家から出て歩き出すと、沈黙が生まれてしまった。これが翔流と一緒なら、少々会話がなくても気にならないのに。

「昔はこの町にコインランドリー、三軒あったんだ。でも、一軒潰れて二軒になっちゃって。で、潰れたのがよりによって一番近いところだったっていう」

「へぇ、そうなんだ」

「潰れたといえば、銭湯も昔はもっともっとたくさんあったらしいよ」

「それは知ってる。昔は今みたいにどの家にも風呂場があったわけじゃないからね。お風呂は金持ちの特権みたいなもんだったんだ」

「へぇー……」

何か世間話をと思うのに、どうにも盛り上がらない。テンの反応が独特で、返すのが難しいせいもあるが、椎奈も適当な話題が思い浮かばない。

世間話をするにしても、お互いのことをあまりにも知らなすぎるからだ。

そのあと、特に言葉を交わさないまま、十分ほど歩いてコインランドリーに到着した。

「よかった、空いてて。私、コインランドリーに来て全部使用中のとき、待つのが嫌すぎて帰っちゃうんだよね」

先客がいなかったことにほっとしつつ、椎奈は持ってきた洗濯物を手近な洗濯機に放り込んだ。そのとき、スマホアプリで使用状況を確認できることを思い出した。

「すごいね。人間の生活はどんどん便利になるね」

椎奈がスマホで洗濯機の操作をするのが珍しかったのか、テンが感心したように言った。その言い方が何だかおかしくて、椎奈はつい笑ってしまう。

「何それ。おじいちゃんみたいなこと言って」

「いや、だって……昔から、洗濯屋っていって、人々の洗濯を請け負う職はあったけど、こんなふうになんでも絡繰でやっちゃうようになるなんてと思って」

「いつの時代の話よ」

常識がずれているのか、あるいはそういう設定なのか、テンの言うことは変わっている。その手のズレを実感すると、時々、この人はもしかすると本当に神か何かなのかもしれないと思う。

「……ごめん。変なこと言った。翔流にも注意されるのに」

椎奈が考え込んだのを、気を悪くしたと勘違いしたらしい。テンが不安そうに、申し訳なさそうに謝ってきた。

「別に謝んなくていいよ。てか、翔流に注意されるの？　あの子も大概、天然ボケなのに」

翔流が誰かに世間とのズレを指摘するなんてことがあるのかと、それにも椎奈は笑ってしまった。しかし、それに対してテンは真顔で首を振る。

「翔流はいい子だよ。少し他の子より感じやすいところがあるというか、世間でいうところの〝変わり者〟なんだろうけど。でも、すごくいい子だ」

テンは強く感情を込めた口調で言う。そのまっすぐな言葉に、椎奈は複雑な気持ちになった。

「……そんなこと、言われなくても知ってるし。翔流はいい子だよ。育ててきたからわかるよ」

悔しくなって言えば、テンはニッコリして「そうだね」と言う。その言い方や笑い方が懐かしい人を思い出させて、胸がギュッと苦しくなった。

「翔流がいい子なのは、椎奈が大切に育ててるからだよ。あの子の純真さや素直さは、自分が椎奈に宝物として大事にされてるのをちゃんとわかってるからだ」

「そ、そうかな？　でも、私はあの子の親じゃないし……」

「あの子の健やかな成長を願って祈って日々を過ごして、毎日頑張ってる椎奈が親じゃなくて何だっていうんだ。もっと誇っていいよ。あの子のことも、自分のことも」

テンの言葉は、ぴんと張り詰めていた椎奈の心に染み入るようだった。

褒められるのも、その逆に説教をされるのも、慣れているつもりだった。椎奈のような境遇は、過剰に賛美されるか、バッシングされるかがほとんどだから。

だが、テンの言葉はそれらとは違っていた。上滑りしていかないというか、真正面から見つめてまるごと全肯定という感じだ。

褒められるのが嬉しいとか、批判されたら嫌だとか、そういうのとは別のところにある感情だ、これは。

「……もー、何よ。知ったような口を聞いてくれちゃってさ」

椎奈は反応に困って、そんないじけたみたいな言い方をしてしまう。昔からの知り合いに言われたのならきっと、素直に喜べただろう。しかし、知り合ってそんなに時間が経っていないテンに言われると、いろんな気持ちが邪魔して難しい。

「知ったような口じゃなくて、知ってるんだけどな。何せ、神様なんで」

素直になれない椎奈を、テンはなぜだか得意げな顔で見てきた。その顔に少し苛立《いらだ》ち、椎奈は洗面所で感じた怒りを思い出す。

「神様設定、まだ生きてたんだ？　それなら、洗濯機が壊れたのを説明してよ。それとも、神は神でも疫病神なわけ？」

「や、それは……申し訳ない。力を使って絡繰を動かすのは、あまりよくないことらしい」

「ふーん……そういう設定かあ」

「設定じゃない！　本当に神様なんだってば！　力の弱い神だけど……」

椎奈のツッコミに、テンは困った様子で必死に言う。その必死さを前にしたら、その〝設定〟に付き合ってもいいかという気がしてくる。

というより、この居候に愛着を感じ始めているのだ。

「ま、いいよ。神様でもそうじゃなくても。翔流が連れてきたわけだし、あの子にとっていい影響があるなら」

椎奈が笑って言えば、焦っていたテンもほっとしたように笑う。

「椎奈にとってもいい影響があればいいんだけど」

そう言うテンの表情は、どこまでも優しい。家族やごく親しい人が見せる顔だなと思うと、嬉しいのに胸が痛かった。

椎奈にそんな顔をしてくれた人たちは、もういないから。

テンといると、会いたくてももう会えない人たち――大好きな姉夫婦のことを思い出して寂しくなってしまう。

「いい影響？　もうすでにあるかな。誰かが待っててくれる家に帰るのは、いいもんだなって思ってるよ」

先に帰っているだろう翔流のことをいつも気にかけて、何だかんだそこで神経を使っているのだ。だが、居候のテンがいてくれるとそれを気にしなくて済むのが、とても助かっている。誰かが「おかえり」を言う家にあの子を帰らせてやりたいと、ずっと思っていたのだ。

それを言いたかったのだが、テンには違って聞こえたらしい。照れたように、それはそれは嬉しそうにしている。

「そっか。俺の出迎える家に帰ってきたいと思ってもらえてるなら、すごく嬉しいな」

「え……まあ、そういうことでいいか」

整った顔に浮かぶその笑みがあまりに美しくて、椎奈はドキッとしてしまう。そのせいで否定しそこねたが、誤解させたままでいても別にいいかと開き直った。

翔流だけでなく、テンがいる家に帰るのが嬉しいのは間違いないから。

3

椎奈の心持ちが変わったことで、テンとの暮らしにすっかり馴染んできた。

居候がいるのに慣れてきたというのとは違い、いるのが当たり前になってきたという感じだ。〝いてもいい〟から〝いてくれて嬉しい〟に変わったという自覚は、椎奈にはさほどなかったが。

働いて疲れて帰ってきて料理の支度をして洗濯をして……という生活では、どうしても翔流との会話ややりとりがおざなりになりがちだった。それがテンがいてくれることで時間が余分に取れ、おかげで以前より大切な話ができるようになってきた気がする。

進路のことは、やや衝撃的すぎて椎奈自ら触れる気にはなれなかったが、今どんな勉強を頑張っているのかという報告を聞くのは嬉しかった。

だから、彼が進学に強い高校ではなく高専へ進みたいということも、応援するための覚悟を少しずつしているつもりになっていた。

それなのに、ほんの少しの気の緩みから、翔流をひどく怒らせてしまった。

「もう！　しーちゃんは一体誰の味方なの!?」

朝食の席で、翔流が声を荒らげた。食べ終えた食器を下げようとシンクに向かっていた椎奈は、驚いて振り返った。

麦茶を沸かそうとしていたテンも、びっくりした様子で手を止めている。

翔流は日頃は穏やかで愛らしいその顔に怒りの表情を浮かべ、ぐっと拳を握りしめていた。それを食卓テーブルに叩きつけるのかと思ったが、握りしめたまま立ち上がった。

「……ごちそうさま。行ってきます」

「あ、翔流、お弁当」

「……ありがとう」

翔流はむすっとして居間を出ていこうとしたものの、テンにお弁当を渡され、それに律儀にお礼を言ってから出ていった。そして、心持ちいつもより大きめの足音を立てながら玄関に向かった。

怒り慣れていない人間の振る舞いだなと思いつつ、彼が本気で怒っているのも理解できた。そのことに驚いてうまく反応できなかった椎奈だったが、少し時間が経ってようやく口を開いた。

「……怒ってたね」

「うん」

「怒ってても『ごちそうさま』と『行ってきます』と『ありがとう』が言えるあたり、私の子育て大勝利では？」

「まあ、そうだね」

翔流本人には絶対に聞かせられないことだが、椎奈がまず思ったのはそれらのことだった。声を荒らげても、怒りに拳を握りしめても、行儀の良さがなくならないことに驚き、そして感激していた。

しかし、そんなことを言っている場合でないこともわかっていた。

事の発端は、翔流が担任の先生の愚痴を言い始めたことだった。

中間テストを終え、その結果を受けて進路調査票を提出させる。そして、それをもとに保護者を呼んでの三者面談を行うのだが、その面談に先駆けて翔流は担任に呼び出されてしまったらしい。

呼び出された内容は、志望校を高専にしたことだ。わざわざ昼休みに翔流を呼び出した担任は、彼に向かって「もったいない。考え直しなさい」と言ったそうだ。

「……まずかったよねぇ。あのとき私がすべきことは、翔流に同調してあげることだったよね」

自身の言動を振り返り、椎奈はズーンと落ち込んだ。ついうっかり、担任の肩を持つような発言をしてしまったのだ。

「安易に同調すべきとは思わないけど、一旦は翔流の言い分を聞いてあげるべきだったよね。それと、椎奈の意見があるなら他人の発言に乗っからないで、きちんと椎奈の意見として伝えるべきだったかな」

「……おっしゃる通りです」

落ち込む椎奈に、テンは容赦がなかった。しかし、下手な慰めはいらないし、同調してほしいわけでもない。つまり、テンのこの態度こそ椎奈が翔流に取るべきものだったというわけだ。

「あの子が怒ったところ、初めて見た……お姉ちゃんに似てるかも。あ、でも、ぐっと呑み込んじゃうところは竜くん似かな」

「そんなこと言ってる場合か」

翔流の怒った姿に彼の亡き両親を重ね、椎奈はしんみりした。抑えてはいるものの、本来の性分は熱したポップコーンのように弾《はじ》けるタイプの感情表出をする椎奈にとっては、彼らのようなタイプは未知の存在だ。

「えー、どうしよ……ああいう怒り方する人って、結構長引くよね。今すぐ謝ったほうがいい？　嫌な気持ちのまま学校に行かせるの、よくないよね」

「学校にスマホは持参していいけど、電源を入れちゃだめな決まりなんだろ？　それなら、かけても無駄だよ」

「そっか。じゃあ、せめてメッセージだけでも……」

「やめておきなよ。翔流だって、今たぶん一生懸命頭を冷やそうとしてるんだ。どうにもならない感情を抑えようとしてるあの子の努力を無駄にしちゃだめだ」

慌てていた椎奈だったが、テンに肩を叩かれ、スマホを持つ手を下ろした。不慣れな場面に感情がぐちゃぐちゃになってしまったが、冷静にならなければいけないと理解したのだ。

「そうだよね……メッセージで『ごめん』なんて言ったら、許すか無視するかしかなくなっちゃうし、嫌々許してもしこりが残るし、無視させたら罪悪感抱かせるもんね」

冷静になれば、自分がしようとしていたことのズルさがわかった。メッセージなり電話なりで謝ってしまえば椎奈自身はすっきりするかもしれないが、謝られた翔流は許すか無視するかの二択を迫られるわけだ。

謝るなら、きちんと時間を取って、話し合えるときにするべきだろう。何が正解かは実際のところ彼と話すまでわからないが、おざなりに謝罪をして済ませていいことではない。

「それがちゃんとわかるなら、大丈夫だよ。帰ってきてから、話したらいいよ」

テンに言われ、椎奈は頷いた。彼がいてよかったと、今改めて思った。

「うん。今日、コインランドリーの日だから、何なら翔流を連れてってコインランドリーまで歩く道すがらにでも話すか。洗ってる間も、ちょうどよく時間はあるわけだし」

まだ洗濯機は直っておらず、週に三回、椎奈とテンがコインランドリーに通う生活を続けている。貯金に手を出したりローンを組んだりすればすぐに買えるわけだが、それはもっと別のときにとっておきたい手段なのだ。

「コインランドリーに家族で行くなんて、趣があっていいよね」

テンはニコニコして言うが、ふと翔流はどう思っているのだろうと考えた。彼は何も言わないが、「ついていく」とも「一緒に行くよ」とも、一度も言ったことはない。

「そういえばあの子、コインランドリー通いに不満そうだよね。何となくだけど」

もしかして知り合いや同級生に見られたくないとか、そんな事情があるのだろうか。コインランドリーを使うことを何ら恥じる必要はないと椎奈は思うのだが、思春期の男子の考えることはわからない。

「ボーナス……ボーナスが入るまでのあと少しの辛抱だからね。とりあえず、夜にきちんと話し合いと和解をするってことで。行ってくるね」

「いってらっしゃい」

気がかりなことはたくさんあるが、時計を見れば八時を過ぎている。

遅刻をするわけにはいかないから、椎奈は気持ちを切り替えて家を出た。

きちんと翔流の気持ちを受け止めて彼の言い分を聞きさえすれば、すべてうまくいくと、そのときは考えていたのだ。

だが、それは甘かったと思い知らされた。


「え……翔流、帰ってきてないの？」

仕事を終えて帰宅した椎奈は、出迎えたのがテンだけだったことに驚いていた。彼の顔を見れば、翔流がまだ帰ってきていないことがわかる。

「うん。いつもなら、遅くとも六時には帰ってくるんだよ」

「そうよね。だって演劇部だもん。そもそも週三しか活動がないし、本格的に動くのはいつも夏休みからよ。日頃より長く残って活動するなら、一報あるはずだし」

スマホを改めて確認するも、何も連絡は来ていなかった。心配になって電話をかけると、ブーブーブーという振動音が、居間から聞こえてきた。慌ててテンと二人で居間へ飛び込むと、食卓テーブルの下で震えていた翔流のスマホを見つけてしまった。

「嘘《うそ》でしょ……あの子、こんな日に限ってスマホ忘れて行ってる」

こんなこと初めてで、椎奈の背中には嫌な汗が流れる。こういうときどうすればいいのか、すぐに思い浮かばなかった。

「椎奈、学校に電話をかけてみたらどうかな？」

玄関の上がり框《がまち》に座り込んだ椎奈を落ち着かせるかのように、テンがそんな提案をした。

「電話って……でもまだ六時半だし、大袈裟《おおげさ》だって言われないかな？」

昨今の教職員の忙しさやそれをめぐる問題について耳にすると、瑣末《さまつ》なことで手を煩わせるのはためらわれた。

「きちんと下校したかどうかの確認だけなら、してもいいんじゃないかな？　学校にまだいるのかどうかわかれば、こちらも判断材料が増える」

「そ、そうだね。それなら許されるか……」

テンになだめられ、椎奈は学校に連絡する勇気が出た。

下校したかどうかの確認くらいなら、そこまで迷惑はかからないだろうと思ったのだ。

電話をかけるとすぐに事務員が出て、演劇部の顧問の先生へと繋《つな》がった。確認したところ、今日は部活に少し顔を出してすぐ、用事があるといって帰ったと言われてしまった。

「翔流、学校にはいないみたい。しかも、用事があるって言って部活もせずに帰ったって……」

椎奈とテンは顔を見合わせ、途方に暮れた。

「あー、やばい。どこ行ったかわかんない。そもそもあの子のスマホがここになければ、サクッと解決することなのに」

何かあればすぐに連絡を取れると高をくくっていたのだなと、椎奈は反省した。保護者として、子供がよく行く場所を把握していないのはこんなとき困ってしまう。

「七時前だもんな……よその子だったら塾に行ったり部活からまだ帰らなかったり、騒ぐ時間じゃないよね」

警察に相談するべきかと頭をよぎったが、下手に騒ぎ立てたくなかった。自分にも経験があるが、このくらいの年齢なら友達と話し込んでしまって気がつくと遅い時間になっていたことなんてザラにあるから。

何もかも行動を把握できるような時期は、とっくに過ぎているのだ。

「椎奈、大丈夫？　顔色が悪いよ」

「え……」

テンに心配そうに顔を覗き込まれ、椎奈は気分が悪くなっていることに気がついた。見ると、指先が震えているし冷たくなっていた。時々起こることだ。

「過保護でだめだね、私。もしかしたら私たちに言ってないだけで彼女がいて、デートしてるとかなのかもしれないのに」

無理やり明るく言って笑ってみせたが、震えは止まってくれなかった。そんな椎奈の背中を、テンの大きな手が撫《な》でる。

「椎奈、無理しなくていい。――怖いことがあるなら、それを誰かに吐き出してしまうといいよ」

テンの声は穏やかに、優しく響いた。それを聞くと、少し気持ちが収まる。その代わりに、抑えていた涙が溢れてきた。

「……帰りが遅いと、怖いの。もう、帰ってこないんじゃないかって」

椎奈がこんなときに思い出してしまうのは、果歩と竜郎が事故に遭った日のことだ。

その日、彼らは保育園に翔流を迎えに行って家に帰ったあと、急ぎの配達があると行って再び外出した。果歩と竜郎は商店街の酒店で働いており、配達が彼らの主な仕事だったのだ。

高校から帰宅した椎奈と入れ替わりに彼らは出かけたため、翔流と二人での留守番だった。たまにあることで、椎奈もまだ小さな翔流も、慣れたものだった。

夕飯時に重なるような配達のとき、果歩たちはよくスーパーに寄ってちょっとしたお土産を買ってきてくれた。それは食玩だったり、そのとき流行《はや》りのお菓子だったりで、留守番のご褒美としてもらえるそれらのものが、椎奈も翔流も楽しみだったのだ。

「その日も、『お土産はなんだろうね』なんて翔流と話してたんだ。でも……いくら待っても二人は帰ってこなくて、代わりに警察の人が家に来たの。それで、事故のことを伝えられて……」

あの夜のことを思い出しながら、椎奈の指先はどんどん冷たくなっていった。震えも、まだ収まらない。

果歩と竜郎が亡くなったと聞かされたときのことは鮮明に覚えているが、それ以降の日々はあまりにも慌ただしくてほとんど何も覚えていない。

周りの大人たちに世話を焼かれるまま葬儀を執り行い、諸々《もろもろ》の手続きを終わらせ、立ち直れないまま今日に至る。

そのせいなのか、椎奈の心は未だあの夜に囚《とら》われたままだ。

「お姉ちゃんたちが帰ってこなかったせいか、私、翔流の帰りが予定より少しでも遅くなると怖くて怖くて……。小学校の遠足のとき、道路が混んでたらしくてバスがなかなか帰ってこないときも怖かった。修学旅行のときも。事故なんて、滅多にないってわかってるのに……」

胸の内に閉じ込めていた怖さを吐き出す椎奈の背中を、テンは優しく撫で続けた。そのおかげで、取り乱すことなくいられている。

「椎奈、翔流を捜そう。力を貸して」

不意に、テンが言う。

捜す術などあるのかと、訝しみながらも椎奈はそれに縋《すが》る。

「……どうしたらいい?」

「手を貸して。それから目を閉じて。翔流のことを強く思い浮かべるんだ」

言われるがまま手を握られ、目を閉じた。すると、何か温かいものが入り込んでくるような心地がして、その直後、脳裏に映像が浮かんだ。

「これ、どういうこと? テンさんの力なの?」

「そうだよ」

戸惑いながら尋ねる椎奈に、テンはきっぱり答える。

その得体の知れない現象に椎奈はうろたえそうになったが、すぐにそれどころではなくなった。

「翔流！　商店街にいるの……？」

頭の中の映像は、翔流をやや離れたところから映したものだ。制服姿の彼は商店街を歩いていき、小さな家電量販店に入る。

「電気屋さんに行って、店員さんと何か話して、何も買わずに出てきた。次は、駅に向かって歩いて……電車に乗った」

そこからは、見慣れない景色が続く。電車にしばらく揺られてから、翔流は知らない町並みを恐る恐るといった様子で歩き、再びどこかの店に入った。そこではお目当てのものを購入できたようで、店を出てからはまっすぐ駅へ戻る。

だが、そこからはなぜか動かなくなってしまった。改札を通る様子はない。

「翔流、電車に乗らないね。帰りたくなくなっちゃったのかな？」

映像の中の翔流は、困った顔をしていた。だが、必死で何かを考えている様子でもある。

それを見て、椎奈は自分の考えを打ち消す。帰りたくないなんて、思っているわけがないと。そのことにたどり着くと、おのずと答えがわかった。

「あの子、買い物にお金を使いすぎて帰りの電車賃がないんだ！　だから電車に乗れなくて、しかもスマホも忘れちゃってるから誰にも連絡できなくて困ってるのよ！」

答えがわかるとすぐに目を開け、カバンを手に立ち上がった。そして、テンに向かって言う。

「迎えに行ってあげなくちゃ！」

「そうだね」

二人は頷きあって、すぐに家を出る。幸い、どこの駅にいるのかは映像の中で確認できた。だから、電車に乗って目的の駅へ向かうだけだ。

しかし、椎奈たちの家から駅まで徒歩二十分。そこから電車に揺られること十五分だ。しかも、電車が来るまでの待ち時間もある。

下手をすると一時間近く待たせてしまう可能性を考えて、椎奈は覚悟を決めた。

「テンさん、タクシーに乗るよ」

「タクシー？　車か！」

「そう！　車なら、所要時間を半分以下にできる！」

言いながら、バス通りに停《と》まっている一台のタクシーに乗り込んだ。仕方がないと思いつつ、本当だったら乗りたくなかった。やむを得ず乗ることもあるのだが、基本的にワンメーター以上の距離を乗るのは贅沢《ぜいたく》だと戒めていたからだ。

こんなとき、免許もマイカーもないのが悔やまれる。

運転手に目的地を告げると、すぐに走り出した。それから十五分ほど揺られて、無事に翔流がいるはずの駅に到着した。

　十五分以上もあれば、機転を利かせて何らかの方法を思いついてしまっているかもしれない。その場合は行き違いになってしまう。

　駅に到着して今更ながらその可能性に気がついた椎奈だったが、走っていくと、そこには心細そうに佇《たたず》む翔流の姿があった。

「しーちゃん！　テンちゃん！」

　椎奈とテンに気づいた翔流が、パッと顔を輝かせた。駆けてくるその姿を見て、椎奈もほっとする。

　やはり、家に帰りたくなかったわけではなく、困っていたのだ。改めてそれがわかってよかった。

「すごいや。僕、困ってたんだ。買い物したらお金なくなっちゃって、おまけにスマホも忘れてるからどうにもならなくて……来てくれてよかった」

　クシャッと笑うその顔は、まるで小さな子供みたいだった。泣いたり騒いだりしないだけで、きっと内心は不安でいっぱいだったのだろう。まだ中学生なのだから。

闇雲に捜し回っても、きっと見つけられなかったに違いない。そしたら、翔流が不安で過ごす時間はもっと長くなっていただろう。

だから、椎奈は翔流との無事の再会を喜ぶとともに、テンの存在に感謝していた。もう、彼のことをトリックありきのマジシャンだなんて思えない。正真正銘、神様だ。

「僕、心の中で『助けて』って思ったんだ。だから、テンちゃん来てくれたの？」

翔流は、感激したようにテンを見ていた。その視線を受け止めてテンは優しい顔をしたが、ゆっくりと首を振った。

「俺は力を貸しただけ。翔流が駅にいるってわかったとき、電車に乗るお金がなくて困ってるんじゃないかと気づいたのは椎奈だよ。——家族だから、気づけたんだ」

テンに言われ、翔流はハッとした顔をして、納得したように頷いた。でも、すぐには言葉にならなかったようだ。

「言いたいことも叱らなきゃいけないこともたくさんあるんだけど、とりあえず帰ろうか。さ、切符買ってホーム行って、電車来たら乗るよ」

椎奈は手早く三人分の切符を購入して、それぞれに渡す。

発車案内板を見れば、もうすぐお目当ての電車が来る時間だった。それに気づいて、椎奈は慌てる。

「走って！　端まで行ったら階段下りるの！」

走りながら二人を急《せ》かすも、中学生の翔流と人間ではないテンは元気に先に行ってしまうため、その背中を必死で追いかけることになった。どうにかこうにか間に合って滑り込んだ数秒後に、電車は発車した。

「間に合った……よかった」

「しーちゃん、久々に走ったんじゃない？」

「そうよ……アラサーに、こんなひどいことさせて……あー、体がきついし、お腹空いた」

文句を言いつつも、椎奈は怒ってはいなかった。保護者として翔流に言わなければいけないことはたくさんあるが、それよりも安堵が勝っているからである。

何より、テンと協力してこうして翔流を〝救出〟できたことで、一体感のようなものが生まれていた。それが、何だか嬉しかったのだ。

「テンさん、本当にありがとう」

「力になれて嬉しいよ。でも、お礼は欲しいな。……力使って疲れちゃったし」

「あ、そっか」

テンのことを神様なのだと納得すると、願いを叶えてもらったその〝対価〟を渡さなければならないことはすぐに理解できた。お賽銭《さいせん》を入れずに神社で神様にお願いはしないし、ご祈禱《きとう》してもらうときに初穂料がいるのも当たり前だ。

神様が実体化（？）していることや、なぜそんな存在が家にいるのかということへの疑問は当然あるわけだが、ひとまず、してもらったことへのお礼が必要なのはわかる。

「何でもいいよ、と言えないのが大変心苦しいんだけど……何がいい？」

椎奈が恐る恐る聞けば、テンはくすりと笑う。

「そんな難しいものじゃなくて、みんなで外食ってやつがしてみたいな。疲れたことだしね」

「やったー！　外食！」

「そうだよね。今から帰って食事の支度ってのも、現実的じゃないし」

お礼のはずなのにささやかで、しかも誰にとっても得な提案だった。翔流は外食を喜んでいるし、テンも椎奈も食事の支度をしなくて済む。

「じゃあ、今夜はゆっくり外食しよう。コインランドリーは明日行けばいいわけだし」

夕飯の支度の必要がなくなっても、家事のすべてから逃れられるわけではない。コインランドリーへ行って洗濯をするというミッションが残っている。だが、それはもうさすがに明日以降にしたい。

「その話なんだけどさ……僕、修理できるかもしれない」

翔流がおずおずと、話を切り出した。それから、カバンからおもむろに何か取り出す。

「今日学校が終わって出かけてたのはね、修理に必要なこの部品が欲しかったからなんだ。最初は商店街の電気屋さんに行ったんだけど、そこにはないって言われて。普通はメーカーから直接取り寄せるかネットで買うしかないものらしくて。でも、店主のおじさんが知り合いの別の店に問い合わせてくれたら、隣町にたまたま持ってるってところがあったから、そこまで買いに行ってたんだ」

「そういうことだったんだ……でも、何でまたこんな強行スケジュールで？　せめて一旦スマホを取りに帰ればよかったのに」

部品を買いに行ったのまでは理解できても、無理やり今日行ったのは納得できなかった。

スマホを忘れたことは、学校にいるときに気がついたはずだ。遅くとも駅についた段階では。翔流のスマホには交通系ＩＣカードのアプリを入れているのだから、持っていなくて困ったはずだ。

「どうしても、しーちゃんが帰って来る前に修理を終わらせときたかったんだ。だから、取りに帰る時間がもったいなくて」

「それって、私が夜にコインランドリーに通ってるのを気遣ってのこと？」

「それもあるけど……僕が機械いじりが得意なことを認めてもらえれば、しーちゃんや先生たちも高専に行きたい気持ちを理解してくれるかなって。僕、ちゃんと自分の好きなことや得意なことと向き合って進路選択したって、わかってほしかったから」

「翔流……」

並んで吊革《つりかわ》を掴む姿が、電車の窓に映っていた。背はとっくに抜かされているし、線が細くて頼りないと思っていた体つきも、ゆっくりとではあるが逞《たくま》しくなってきていることに気がついた。

いつの間にか、小さかった翔流は大人に近づいてきていたのだ。こんなふうに、自分の進むべき道を自分で決められるくらいには。

そのことに椎奈は気づきもしないで、彼の言葉に耳を傾けないで、今日まで来てしまっていたのだ。

「そっか。そうだったんだね。ごめんね、ちゃんと話を聞いてあげなくて」

「ううん。僕こそ、ちょっと唐突だったと思う。保護者であるしーちゃんがびっくりするのも納得できないのも、仕方なかったよ。朝食の席で話すべきことじゃなかったけど、しーちゃん素面《しらふ》なの朝しかなかったから」

「それは……ごめんね、本当に」

　わかりあうことができて素直に謝ったものの、一方的に自分に非がありすぎて椎奈は凹《へこ》んだ。飲んだくれているつもりはないが、翔流にしてみれば大事な話をアルコールが入った叔母にしたくはなかったのだろう。それは真っ当な感覚だ。

「じゃあさ、今からたくさん話し合ったらいいんじゃない？　外食は、ゆっくりするものなんだろ？」

　わかりあった二人のことを、テンがニコニコして見ていた。

　ちょうどそのとき、降りる駅に到着した。

「そうだね。食事しながらゆっくりじっくり話そう。今日はお酒、飲まないからさ」

　言いながら、椎奈は財布をゴソゴソ漁《あさ》った。そして、少しよれた紙切れを取り出す。

「やったね！　ドリンクチケット発見！　というわけで、今夜はファミレスに行くぞー」

「やったー！」

　椎奈が宣言すると、翔流が喜びの声を上げる。ファミレスは、二人にとって何か特別なことがあると行く場所なのだ。それぞれの誕生日はもちろん、翔流の小学校入学や卒業、そして中学校の入学のときも。

「テンさん、ごめんね。お礼なのに、ファミレスっていうリーズナブルな場所で」

駅を出てファミレスに向かってズンズン歩く翔流に気づかれないように、椎奈はコソッとテンに耳打ちした。すると彼は、笑顔で首を振る。

「二人のお気に入りの場所に連れて行ってもらえるみたいで嬉しいよ。何だか、家族になれたみたいだ」

そう言って笑うテンの顔が何だか眩《まぶ》しくて、椎奈の胸は不覚にもキュンとなる。

「まあ、居候も家族みたいなもんじゃないの？」

「ちょっとー。居候じゃなくて、しーちゃんの彼氏候補だよー？」

素直になれない椎奈に、翔流が冷やかすように言う。それは決して嫌ではなかったが、何となくテンが恋人というのはしっくりこなかった。家族になるというのは、抵抗がないのに。

それから、三人はファミレスで楽しく食事をして帰宅した。

すっかり遅い時間だったが、翔流は早速今日買ってきたパーツで洗濯機の修理に取りかかる。

「洗濯機から変な音がするときは、このパーツが摩耗《まもう》してることが考えられるらしいんだ。だから、これを交換したら、また使えるようになるかも」

　そばで見守る椎奈とテンに、翔流は説明しながらやっていった。その手際は素晴らしいもので、目の前であっという間に古いパーツを取り除き、新しく買ったものに付け替えてしまった。

「すごいね、翔流。何でこんなことできるの？」

「今は何でもネットで検索したらやり方が出てくるから。まず、『洗濯機　故障　変な音がする』とかで検索するんだよ。そしたら、原因が何となくわかるし、今回の場合は修理動画がいくつもあったから、それを片っ端から見て勉強しといたんだ」

　得意げに言ってから、翔流は洗濯機の電源を入れて、適当なモードを選んでスタートボタンを押す。すると通常通りに、静かに、洗濯機は動き始めた。

「すごい！　直った！」

「さぁ、いつでも洗濯どうぞ」

「翔流、ありがとう！」

　無事に直ったということで、椎奈は大喜びで洗濯を始める。

　嬉しくて、別に今洗わなくてもいいものまで洗ったから、洗濯物がたくさんで干すのが大変だったほどだ。

翔流もテンも手伝って、総出で洗濯物を干し、終わって布団に入ったのは日付が変わってからだった。

灯りを落とした部屋の中、布団に疲れた体を横たえて、椎奈は目をぱっちり開けていた。

いつもと変わらず仕事をし、帰宅して翔流を捜し、走り、洗濯物を干しまくったのに、眠れないのだ。

いつの頃からか、酒なしでは眠れなくなってしまっていた。というよりも、酒を飲めば眠れることを発見したというべきか。

夜に眠れず、日中居眠りをすることが多かった。学生時代は、それがとても大変だった。コーヒーやエナジードリンクなど、カフェインが多く含まれた飲み物で眠気をごまかし、どうにか過ごしていた。

二十歳を超えてアルコールを摂取すると眠くなるのを覚えてからは、毎晩飲むようになった。そうすると、夜ぐっすり眠れて、日中の活動がしやすくなったから。

精神安定のためだけでなく、規則正しい生活を送るためにもアルコールが役立っているのだ。

「……冷蔵庫にあったかな」

　これだけ疲れてもやはり飲酒しなければいけないのかと、がっかりする。

　だが、このまま眠れずに、ひとりぼっちで夜にぽっかりと取り残されたみたいな気分になるのも嫌だった。

　冷蔵庫を覗きに行こうかと考えたとき、部屋の前に誰かの気配を感じた。誰かといったって、この家にいるのは翔流かテンだけだ。

「……テンさん？」

　何となく翔流ではない気がして、そう声をかけてみた。

「やっぱり、眠れずにいたんだね」

　気配は答える代わりに、そう言った。

「やっぱりって、何でそう思ったの？　もしかして、寝返りの音がうるさかったとか？」

　寝ていることを知られるならまだしも、起きているのがバレているのはどういうことだろうかと、椎奈は訝しんだ。

「いつもみたいに歯軋《はぎし》りが聞こえないから、起きてるんだろうなって」

「は、歯軋りぃ？」

　まさかの指摘に驚くと、テンが襖《ふすま》越しに笑っているのがわかった。それにより、冗談だとわかったし、何より椎奈が自分のそんな悪癖を見逃すはずがない。

「ちょっと！　歯軋りなんてするわけないでしょ！　もししてるなら職場ですぐにマウスピース作ってもらってるわ！　歯科医院勤めなんだから！」

歯の健康に関することには、一応誇りを持っているつもりだ。歯軋りに悩んで来院する患者とも多く向き合ってきたから、自分にその癖がないことも把握している。

「ごめん、冗談だよ。でも、起きてるのはわかったから、心配して見に来た。翔流がさ、椎奈はお酒を飲まなかった日は確実に眠れずに起きてるって言ってたから」

クスッと笑ってから、声のトーンを落としてテンは言う。その声音からは、心配しているのが伝わってきた。それに、その情報源が翔流だというのがきまりが悪い。

「あの子ってば……知ってるのか」

「家族なんだから、そりゃ知ってるだろうよ。それでさ、椎奈の肝臓のことも心配してた。眠れずに過ごすのも心配だけど、眠るために休肝日もなく毎日飲むのは、きっと体に悪いだろうって」

「そんなことまで……」

まだ子供の翔流に心配かけていたことがわかって、情けなさに椎奈の目はさらに冴《さ》えてしまった。眠ろうにも、より一層眠れない気分だ。

「で、テンさんは私が起きてるのを確認しにきたんだ。寝かしつけでもしてくれるの？」

「うん」

「え」

まさかと思って尋ねてみたら、ためらいなく肯定されてしまった。

そして、椎奈が驚いて何と返したらいいかわからないでいるうちに、低く落ち着いた歌声が聞こえてきた。

それは、聞いたこともないメロディラインの子守唄だ。だが、聞けば子守唄だとすぐにわかる。なぜなら、その優しく響く歌声に耳を傾けているうちに、不思議なほどストンと眠気がやってきたからだ。

（ぴんと張り詰めていた糸が、緩んでいくみたい……まだ聞いていたいのに、意識が遠のいていく……）

わずか数分足らずで、椎奈の目蓋は完全に閉じて、その口からは寝息が漏れ始めた。

耳はまだ半分くらい起きているが、ほとんど夢の中で子守唄を聞いているような状況だ。

「ごめんね、椎奈。願い事、叶えてあげられなくて……この暮らしが、せめてもの罪滅ぼしになればいいいけど」

子守唄が終わって、テンがそんなことを言うのを意識の遠いところで聞いた。

しかし、椎奈はものすごく久しぶりにアルコールに頼らず心地よい入眠を経験して、それどころではなかったのだった。

とある男性の願い

ああ、あったあった。

ここに神様の祠があったなぁと思い出して来てみたら、やっぱりあった。

お願い事なら大きな神社に行きなさいよと思われるかもしれないんだけど、何となく僕は、こうして人知れず祀《まつ》られて、長いこと人々にゆるく大事にされてる神様ってものを信じてるんだよ。

人々と距離が近いぶん、僕らの願いを聞いてくれるかもってね。

お賽銭箱はないんだね……でも、小さなお供え物はあると。

いいねえ。やっぱり僕はこういうのが好きだよ。

じゃあ、僕はおつまみでも供えちゃおうかな。って、今はこれしか持ち合わせがなかっただけなんだけど。

ちょっとね、心配な子がいてさ、その子のことをよろしくねって言いにきたんだ。

僕にとっては孫みたいなもので、できればずっと面倒みててあげたいんだけど……寄る年波には敵《かな》わなくてね。そろそろ僕も、先がそんなに長くないのを感じるわけだ。

今すぐってわけじゃないだろう。でも、確実に命の終わりが近づいてくる。

だから、僕がいなくなってもあの子がやっていけるようにしてあげたいって思うわけだよ。

できれば、僕が元気なうちに安心したいんだけど。

ずっと苦労してきた子なんだ。悲しい思いもたくさんしたよ。

それでも挫《くじ》けずにいじけずに頑張ってきたあの子に、何か人生の大きなご褒美みたいなのをあげたいんだ。

何がいいかなぁ……そういうの考えるの、きっと神様のほうが得意でしょう?

よろしくね。

今度また、何かいいものをお供えするので。

第二章

1

梅雨明け宣言は出されていないが、もう雨は降らないのではないかと思うほど鮮やかに晴れた七月のある日。

椎奈はテンと二人、よそ行きの服装で気合いを入れていた。

「ね、この服久々に着るんだけど、おかしくない？」

「よく似合ってるよ。椎奈、こういう服装もいいね」

「ジャケット羽織ったほうがかっちりして見えるかな？」

「んー、暑いんじゃないかなぁ」

椎奈が着ているのは、翔流の小学校の卒業式と中学校の入学式のときに着て以来しまいこんでいた、セレモニースーツのスカートだ。それにキレイめブラウスを合わせている。

店員の「お祝い事の席には明るいお色がいいですよ」の言葉を信じてライトベージュのセットアップを買ったのだが、今となれば黒や紺の落ち着いた色にすればよかった気がする。そっちのほうが、より〝カチッとしている〟感が出せただろう。

「翔流の話だと、三者面談に来る保護者の人って、そんなにかっちりした格好してないらしいよ」

姿見の前で納得できていない様子の椎奈に、テンがなだめるように言った。

そういうテンも、いつものTシャツにジーンズ姿ではなく、ボタンダウンシャツにチノパンだ。カジュアルでありながら、ちゃんとして見える。

「それはわかってるよ。私も去年まで二者面談にはもう少しラフな格好で行ってたしね。仕事抜けて行ってたのもあるけど。でも、今回は気合い入れなきゃだから」

一度袖を通してみたものの、暑さのあまりジャケットを羽織るのを断念し、また鏡に向き直る。化粧もいつもよりやや濃いめなため、舐《な》められることはきっとないはずだ。

今日は翔流の三者面談なのである。ただの学期末に行われるお馴染みの面談ではなく、翔流の進路について本人と保護者、担任が顔を突き合わせて話をするというものだ。

それだけでも何だか緊張するのに、相手が相手なだけに、椎奈はここまで気合いを入れてしまっているのだ。

「椎奈、もうそろそろ出ない？　翔流の学校、ここから歩いて三十分くらいかかる上に、坂の上なんでしょ？　絶対に疲れるし汗だくになるから、早めについて少し休んだほうがいいよ」

「うん、もう出る。――絶対に負けないぞ！」

鏡の前で最後にもう一度表情を引き締めて、椎奈は玄関に向かった。

翔流の友達である大吾の母であり、良き相談相手である田尾ミートの美沙子によると、翔流の担任はなかなかに曲者《くせもの》なのだという。

おそらく、教師としてはかなり熱心なタイプなのだ。慕っている生徒も多いらしい。

だが、特定の家庭環境の生徒やその保護者には、〝当たりが強い〟ことで有名だそうだ。

その特定の家庭環境というのが、ひとり親家庭もしくは親が若い家庭との噂だ。叔母と甥という関係よりも姉弟に近い年齢差だから、椎奈は両方の条件に当てはまってしまう。

「椎奈、顔がちょっと怖いよ。リラックスしないと」

家を出て中学校へと続く坂道を上りながら、テンは柔らかな声で椎奈をなだめようとする。しかし、椎奈の眉間に皺《しわ》は深く刻まれたままだ。

担任は、ひとり親や年若い親は子供をきちんと教育できないと考えているのだろう。だから、進路のことにも必要以上に口を出すのだ。

翔流はこれまでは漠然と市内の進学校へ進むと進路調査票に書いて提出していたのだが、中三になって志望校を高専に変えた。そのことに担任は納得できていないらしく、わざわざ翔流を呼び出してチクリと刺してきているし、今日の面談を前にしても「先生がきちんとお話ししてあげるから」などと息巻いているらしい。

「……わかってる。穏やかに、落ち着いて臨まなきゃいけないって。喧嘩《けんか》しに行くわけじゃないし、喧嘩にならないようにテンさんについてきてもらうわけだし」

言いながら、椎奈は歯を食いしばるような表情をする。眉間の皺もさらに深くなる。

「大丈夫だよ。きちんとわかってもらうために、翔流とたくさん調べて、たくさん話し合ったんだから」

「そうだね。調べてみて、どんな学校なのかも何が学べるのかも、将来どんな道に進めるかもわかったもんね。だから、説得はできると思うんだ」

テンの言うように、椎奈は三者面談に向けて翔流が行きたがっている学校のことをかなり調べた。それにより、自分が何もわかっていなかったことを改めて思い知ると同時に、翔流が自分の進路をものすごく具体的に考えていたのを理解した。

高専とひとくくりにいっても様々な分野の学校があり、翔流が行きたがっているのは工業系の高等専門学校だ。

高等専門学校というだけあって、座学よりも実習がメインらしい。本科と呼ばれる五年間の教育課程を終了すると、準学士と呼ばれる学位が授与される。その後、専攻科という教育課程に進むこともできるし、外部の大学を受験して三年次編入を目指すこともできる。

そして、何より椎奈が素晴らしいと思ったのは、その求人倍率と就職率の高さだ。就職希望者の実に二十倍以上もの求人が来るため、就職率はほぼ百パーセントとのことだ。

「翔流が自分でしっかり調べて考えて、それで行きたいって言ってるんだよ。いくら担任の先生だからって、反対したり進路を変えさせたりする権利なんてない。……私も最初は心配したけど」

椎奈は少し前の自分を振り返り、恥じていた。きちんと話を聞けば、反対する要素などどこにもなかったのだから。ただ、勝手に立てていた翔流の人生設計から外れることを言われ、戸惑っていただけだ。彼の人生設計を立てるのは彼自身だということを、長いこと失念していたせいだ。

「そうだよね。それに、先生に反対されても、入学試験を受けることはできるんだろ？　なら、問題ないんじゃないかな」

坂の上に校門が見えてきて、努めて明るくテンは言う。おそらく、椎奈をなだめようとしているのだろう。しかし、それでも椎奈の眉間には深々と皺が刻まれたままだし、ダラダラと汗まで流している。

「きつい坂道だな。……椎奈、呼吸を整えながら頑張って」

「……うん」

　なかなか足が進まない椎奈を、テンは励ます。自宅の玄関を出発して歩くにつれて、椎奈の口数はどんどん少なくなっていった。テンが汗ひとつかかずに隣を歩くのを、少し焦った気持ちでいた。

「椎奈、もしかして怒ってるんじゃなくて何かヤバイ？」

　尋常ではない様子を察知して、テンが尋ねた。すると椎奈はゆっくり立ち止まって、震えながら頷く。

「……足が……このパンプス、びっくりするほど靴ずれするの、忘れてた……絶対脱いだら血まみれだ……」

「ちょっと！　何でもっと早く言わなかったんだ！　家から出てすぐなら履き替えられたのに！」

「いや、最初はいけるかなって思ったんだよ……でも、坂道が……」

　眉間に皺が寄っていたのは臨戦態勢だったからだけではなく、足の痛みに耐えていたのもあったのだ。

　正直に打ち明けたことでどっと痛みが増した椎奈は、残りの距離をテンに支えられながら歩き、何とか学校へとたどり着いたのだった。

「しーちゃん、テンちゃん、来てくれてありがとう！」

校舎に入って翔流の教室の前まで行くと、彼はもう廊下の前の椅子に腰かけていた。面談中の教室内に迷惑をかけないよう小声ではあるが、やってきた椎奈たちにそう嬉しそうに声をかける。

「よかった、間に合った……」

「なんですでにそんなに満身創痍《そうい》なの？」

「あの坂道は危険だよ。血まみれになってなくてよかったけど」

廊下に並べられた椅子に腰を下ろして、椎奈はほっと溜め息をつく。持ってきていたスリッパに履き替えたところ、靴ずれを起こした部分が水ぶくれのようになっていたが、ひとまず流血事件は免れた。

「何があったの？　って、もう僕たちの番か……」

教室から、女子生徒とその保護者が出てきた。二人に会釈され、椎奈たちはそれに応じる。息をつく暇もなく面談の順番が回ってきてしまったが、それはもう仕方がない。

「――じゃあ、行くよ」

椎奈はそう翔流とテンに声をかけ、表情を引き締めた。

そこに浮かぶのは、感じの良い笑みだ。日頃仕事柄、口元がマスクで隠れているから、目だけで感じが良い顔を作るのは板についている。

「失礼します」

「真柴《ましば》さん、こんにちは。……本当にいらしたんですね」

椎奈を先頭にして翔流とテンが教室に入れば、三人の姿を見て担任教師はやや驚いた顔をした。だが、すぐに向こうも社交的な笑みを浮かべる。教師歴二十年を越すベテランの先生と聞いてはいたが、さすがといった感じだ。

「最初真柴くんに叔母様の他にもうひとり保護者が来ると聞いたときは驚きましたが」

「すみません。保護者が私だけだとご心配をかけるのはどうかと思いまして。それに、この人がどうしても来たいと言うので……」

「構いませんよ。ご両親揃って面談に来られるご家庭もありますから」

翔流から話を通してあったからか、椅子は三人分並べてあった。

実際のところはテンがどうしても来たいと言ったわけではなく、椎奈のストッパー役として来てもらっているのだ。「椎奈や翔流がいじめられたら、俺が助けるよ」と言ってくれてはいるが。

「それでは真柴さん、甥子さんの進路についてのお話なんですけれど」

世間話を少し挟んでから、担任教師はそう話を切り出した。今のところ感じの悪い対応はされていないが、椎奈は身構える。

〝真柴さん〟という呼び間違いは気になるが、翔流と椎奈の関係はややこしいから仕方がない。それに、〝弟さん〟だとか〝お子さん〟などと翔流のことを言わないあたり、かなりできる先生だなと感じていた。そのぶん、侮れない。

「これまで真柴くんはK高校を第一志望にしていましたが、それを突然、工業高等専門学校に変更しました。このことについて、叔母様に相談はありましたか？　叔母様はどのようにお考えで？」

担任教師は、畳み掛けるように椎奈に問う。きちんと考えている保護者であっても、こんな聞き方をされれば一瞬たじろぐだろう。しかしきっと、たじろげば相手のペースに呑まれてしまう。それがわかったから、椎奈も負けじと口を開く。

「相談はなかったので、最初は私も驚きました。ですが、詳しい話を聞いてみると、本人がやりたいことと今後の目標に合致したとてもいい環境のようなので、今では賛成しています」

「賛成するのはやはり、学費の問題ですか？　私は、真柴くんは叔母様に遠慮があって、高校卒業後に大学に進学するのより安くなる高専を目指しているのではと考えたのですが」

「え、遠慮ですか……」

うまく答えられたと思ったのに、予想外の質問が飛んできて椎奈は固まってしまった。翔流の成績で高専を目指すのはもったいない、ということを担任教師は気にしていると思っていたから、まさか学費の話をされるとは思っていなかった。

すぐに答えられなかった椎奈を、担任教師は眼鏡の奥から鋭く見ていた。その視線が〝ほら見たことか〟と言っている気がして、悔しくなる。

金銭的なことを持ち出されると、椎奈は弱い。なぜなら、自分が逆立ちしたって裕福な環境で翔流を育てることはできないと自覚しているからだ。そのぶん、気兼ねはさせているだろう。

「各ご家庭で金銭事情は異なりますが、その中で最大限に子供の要望を叶えようとするのが保護者の務めだと思うんです。ですから……」

「心外だなぁ」

答えられないのを、図星だと捉えたのだろう。担任教師は椎奈を追い詰めようとでもいうかのように、再びまくしたてるように話し出そうとした。

しかしそれを、テンがにこやかに遮る。

にこやかではあるものの、いつものテンの温和な雰囲気とは異なっていて、そばに座る椎奈は何だかひやりとした。

「椎奈が翔流のために何も頑張ってない前提で話をしないでくれよ。彼女は、翔流を大学に行かせてやりたくて、働き始めてすぐからずっと貯金してる。自分の贅沢のために給料を使うことなく、今日だって合わない靴を履いて足を痛めながら学校への坂道を上ってきた。自分のためにお金を使うのが惜しいと思う人だからね。——そんな人が、子供に我慢させようとしてるってあなたは決めつけるのか？」

テンは、冷え冷えとした声で言う。穏やかで落ち着いた話し方ではあるが、そのぶん凄《すご》みがあった。

担任教師はそれを聞いて、気まずそうにしていた。

だが、それとは反対に椎奈は嬉しくなる。誰かが自分の頑張りを見てくれているというのは、励みになる。完璧でも十分でもないのはわかっていても、ひとまずの現状を〝よくやった〟と言ってもらえるのは、当然嬉しい。

「すみません……そういったご事情を否定したかったわけではなく、私はただ、各種奨学金や支援金制度などを利用すれば、進学をあきらめることはないとご説明したかっただけで……」

担任教師は、気圧《けお》されたように語気を弱めながら、用意していたらしい書類を一応は取り出す。

奨学金や支援金については一応考えていたものの、まだ具体性をもって動いていたわけではないため、椎奈はそれをありがたく受け取った。

「先生、いろいろ考えてくれてたんですね。でも僕、気兼ねして進路を変えたわけじゃないんです。機械いじりが好きだから機械のことをたくさん勉強できるところに行きたかっただけだし、高専に行くからって大学進学をしないつもりでもなくて」

「まあ、そうよね。編入もできるし、何より高校卒業資格は得られるから、普通に大学受験もできるわ」

翔流にほんわかと話しかけられ、担任教師はどこかほっとした様子だ。テンにじっと見られたままでは、きっと居心地が悪いのだろう。さすがは神様。ふにゃふにゃして見えてもここぞというときは威厳がある。

「それと、気兼ねしてたら高専は選びませんて。だって、公立高校の学費より高専のほうが高いんですよ」

「あ、そうなの？」

しれっという翔流に、椎奈は驚いて尋ねた。学費のことは気にしていなかったから、調べていなかったのだ。

翔流が行きたがっている学校の名前に〝公立〟とついていたから、私立よりお金はかからないだろう、くらいのことしか考えていなかった。

「でもそれは単純な額面の話だけで、うちの収入状況によって受けられる支援金の額が違ってくるし、僕は成績がいいから給付型の奨学金も受けられるつもりでいるから。お金のことで遠慮して高専を目指すわけではないけど、ちゃんと考えてもいるわけです」

椎奈の疑問に答えつつ、翔流は笑顔で担任教師に宣言する。場に漂うひりついた空気を忘れさせるほどのまばゆい笑顔に、彼女はほっと息をついた。

「真柴くんがそれだけ自分の進路を考えていて、保護者の方の理解も得られているのなら、先生が心配することではなかったわね。でも、毎年お家の都合で希望する進路へ進めない子を何人も見てきたから、もしかして……と思って心配だったの」

担任教師は申し訳なさそうに言ってから、椎奈とテンに頭を下げた。その様子を見れば、悪い先生ではないのだろうなと思う。

それに、彼女が感じてきたであろう悔しさのようなものを椎奈も理解できるため、批難しようという気にはなれなかった。

椎奈の高校三年のときの担任も、最後まで椎奈が大学受験できるよう応援してくれた。

椎奈自身が諦めて、仕方がないと割り切って進路を選んだにもかかわらず、受けられそうな奨学金や支援制度について調べてくれていた。

あの当時は、それを疎ましくも思ったが、自分が大人に、保護者になった今ならわかるのだ。身近に困っている子供がいれば、自身が考える中で最良の選択を取れるよう後押ししたくなるものだ、と。

翔流の担任教師は、成績のいい翔流には進学校に入って、大学受験をし、先生にとっての〝安泰《あんたい》〟の道へ進んでほしかったのだろう。

「翔流のためにいろいろ心を砕いてくださって、ありがとうございます。また何かあればご相談させていただきますので、そのときはよろしくお願いいたします」

面談を終え、椎奈は心からそう言って頭を下げた。

彼女も翔流のことを考えての行動だとわかったから、わざわざ喧嘩をする必要はない。担任教師とはできれば良好な関係を築けたほうがいいに決まっている。

テンもその隣で頭を下げていて、担任教師は露骨にほっとした様子になっていた。

穏やかに怒ってみせただけなのに、それでもやはり効果があるのだ。それは彼が男性だからなのか、はたまた神様らしい威厳によるものなのか。わからないが、椎奈は助かったような複雑なような気分になっていた。

「あー、終わった終わった。神様らしさ出しちゃったら、ちょっと疲れちゃったな」

校舎を出て、再び坂道を下りながら、気の抜けた声でテンは言う。先ほどまで人をひりつかせる雰囲気を出していたのとは、同じ人物とは思えない緩さだ。

「あれはやっぱり神様らしさだったのか。神威ってやつ？」

テンの隣を子鹿のごとくぷるぷる震えて歩きつつ、椎奈は尋ねる。スリッパからパンプスに履き替える前に、持っていた絆創膏《ばんそうこう》をありったけ足の痛む部分に貼りつけたが、やはり痛いものは痛い。

「そんなに立派なものじゃないよ。でも、ああして少しでも〝示して〟おくと、その場を優位に運ぶことができるよね。だから、ちょっと力を使ったよ」

「ゲームでもあるよね。相手との戦い前にパッシブで発動する〝威嚇〟みたいなスキル。相手を圧倒することによって、一ターンくらい行動不能にするの」

テンの力の説明を、翔流がゲームにたとえて補足した。椎奈はゲームをしないが、何となく理解することはできた。

「今日は翔流のために力を使ってくれてありがとう。悔しいけど、やっぱり男親がいると話が有利に運ぶんだなって実感しちゃった」

「椎奈のためでもあるんだけどなー。でも、まあいいや。お礼をいただけると嬉しいな」

テンはその整った顔に「えへへ」と柔らかな笑みを浮かべて言う。その気の抜けた顔を見ると、居候して一銭も家に入れていないのにコノヤローと思ってしまうが、神様なので仕方がない。そして、しっかりと約束通り「椎奈と翔流がいじめられたら、俺が助ける」を実行してくれたのだ。

「はいはい、神様。何が食べたい？　またファミレスに行く？」

「ステーキが食べたいな。もちろん牛だ！」

「なっ……！」

言われてすぐ、椎奈は頭の中にスーパーや田尾ミートにならぶステーキ肉の値段を思い浮かべた。ステーキが食べられる店に行くのもありだが、確か少し遠かったなと思ったのだ。

遠いということは、そのぶん交通費がかかる。神様へのお礼をケチってはいけないとわかりつつも、買って家で焼くのが現実的だ。どこで買っても、ステーキ肉は他の肉と比べるとそこそこ高いが。

「田尾ミートで買おうね。あそこのお肉は美味しいから」

「……そりゃ、美味しいでしょうよ。田尾さんがきちんと仕入れてるんだからさ」

どうせ食べるのならいいものを食べたいと考えていたから、スーパーよりも田尾ミートで買うのが正解なのはわかる。わかるが、懐具合を考えて「ぐぬぬ……」と言ってしまう。

「そんなことよりさ、しーちゃん。我が家はしーちゃんが一生懸命働いてくれてるおかげで貧しくはないんだから、新しい靴くらい買おうよ」

田尾ミートで三人分のステーキ肉を買うのを想像して遠い目をしていた椎奈に、翔流がそんなことを言う。絆創膏だらけでよたよた歩く椎奈を気遣ってのことなのだろうが、当の本人はそう言われても乗り気にならない。

「うーん……次に履く機会、まだ先だしなぁ」

「そんなこと言ってたら、僕の卒業式も入学式もすぐなんだからね。そのときにまたこんなふうに痛がるの、かわいそうだから嫌だよ。自分のことにケチなの、よくないよ。それに〝足元を見る〟って言葉があるように、しーちゃんがせっかく頑張っててもこんな靴履いてたら馬鹿にする人が出てくるんだからね」

珍しくお説教モードになった翔流に、椎奈はたじたじになった。本当は自分の髪なんて自分で切ってしまえと思っているのだが、まだ翔流が小学生のときに「しーちゃんが美容室行くの我慢するくらいなら、僕、坊主頭にするからね！」と脅されてしまい、それ以来ちゃんとプロに切ってもらうようにしている。

椎奈が自分を粗末に扱うと、この子はとても怒るのだ。必要経費を出し渋るのは節約と呼ばないとまで言い切られたこともあるため、素直に言うことを聞いている。

「わかったわかった。買うからさ」

「じゃあ、帰ったらすぐ、その靴捨てちゃうからね！」

適当にお茶を濁そうとしたのはバレていて、翔流にそう宣言されてしまう。

だが、自分のものを少しずつ新調しなければならないことも、わかってはいるから反論しない。

（パンプスだけじゃなくて、スーツも買い換えないとだよね。……さすがに、二十代前半のときに買ったスーツをアラサーになっても着るのはきついし）

翔流の成長を感じるとともに、椎奈は自身も年齢を重ねていることを実感していた。

どんどん立派になっていく翔流の保護者として、恥ずかしくない姿で隣に立ちたい。新しいスーツやパンプスは、そのための必要経費だ。

「テンさんのスーツも、作っとかないとだよね」

言ってから、ハッとした。椎奈はごく自然に、テンが翔流の卒業式や入学式に参加するのを想像していたのだ。

それを耳聡《みみざと》く聞いていた翔流が、ニヤリとした。「その調子その調子」などと言っている。

日頃は忘れているが、テンは翔流が椎奈の彼氏候補として連れてきたのだ。

時々そのことを思い出しては、何とも言えない気持ちになる。テンが自分の彼氏になるだなんて、微塵《みじん》も想像できないからだ。

そのくせ、彼がいなくなるとは考えない。だからこそ、節目の式に着るスーツがいるだろうと思うのだ。

それを、椎奈自身はまだ自覚してはいないが。

2

ある日の午後。いつもは微睡《まどろ》むような空気の中で診療時間が過ぎていく高橋デンタルクリニックの室内に、耳をつんざくような声が響いていた。

「いぃいぃやぁぁぁあああぁぁぁっ！」

声の主は、母親に診察台の上に押さえつけられ、泣き叫んでいる小さな男の子だ。「早く、今のうちにお願いします」と母親に懇願されるが、頼まれた椎奈は困惑していた。

やれと言われても、こんな状態で施術ができるわけがない。

「こうちゃん、痛いことしないから泣かなくていいよ。だって先生が、こうちゃんの歯に悪いところないって言ってたでしょ？」

「やっ！」

大きく口を開けてイヤイヤをする幼児——幸太《こうた》をなだめようとするが、彼は決してなだめられてなるものかと気合いいっぱいに吠《ほ》える。

「頑張ったら、おっきなシールをあげるんだけどな。ここでの治療を頑張らないともらえない、ヒーローの証《あかし》……保育園でも持ってる子、なかなかいないと思うけど？」

歯科医院での治療を嫌がる子供は多い。こんな泣き声が響き渡るのは、わりと日常茶飯事だ。歯科医院に連れて来られた段階で身も世もなく泣いている子供もいるくらいで、それを見て野中なんて「あーあ。別に世界の終わりじゃないのにねぇ」と呆れ半分微笑ましさ半分で言うのである。

椎奈も慣れたもので、こうしてシールなどのご褒美でなだめたり気を引いたりするのだ。

もっとも、子供も愚かではないから、ご褒美が自分の被る不利益と釣り合わないと判断すれば、この交渉には応じてくれない。

「……いらない！　苦いのイヤッ！」

「そっかぁ、いらないかぁ」

幸太は少し逡巡《しゅんじゅん》したのち、きっぱりと拒否した。シールごときで嫌なことを我慢できるかと、そう考えたようだ。

困った様子の母親を見て同情しつつも、椎奈は内心「わかるよー」と思っていた。椎奈だって、シールをあげるから歯に苦いものを塗らせてくださいと頼まれたって、絶対に嫌だからだ。

大人だから、自分の歯の健康に必要だとわかっているから我慢できるだけである。子供にそれを理解させるのは、なかなか難しい。

「わかったよ、幸太くん。今日はフッ素塗布はやめておこうね。嫌がる幸太くんに無理やり塗るのは、やりたくないことだからね」

椎奈は母親である亜子《あこ》に頷いてみせると、幸太の肩をポンと叩いて診察台を起こした。もう施術をしないというアピールである。

「すみません……もう、どうしてよ。さっきまでいい子だったのに」

「いえ、仕方ないですよ。我慢できる時間はひとりひとり違います。幸太くん、診察自体は頑張りましたから」

凹む亜子を、椎奈は励ます。三歳児の歯科検診なんて、こんなものだ。すべてを終了するまでにものすごく時間がかかることもあれば、フッ素塗布を別の日にするということもある。

　とにかく子供相手なんて、予定通りにいかないことがほとんどなのだから。

　もう自分の嫌なことをされないとわかったらしい幸太は、診察台の上でぱっちり目を開け、ニカッと笑った。機嫌のいいときは、天使のように愛らしい子だ。

「やった！　こんちゃんの勝ち」

　ニーッと小さな前歯を見せて笑う顔は、悪ガキそのものだ。駄々っ子に大人が根負けしたと思って、いい気になっているらしい。自分の名前をまだきちんと発音できないのに、生意気だけは一人前に言うのだ。

　魔の三歳、なんて表現をされるくらい、この時期の子供の扱いは難しいのだ。幸太の生意気な態度を前に亜子のこめかみに青筋が立ったのに気づき、椎奈は目線でそれを制した。

「幸太くんのことが心配で、幸太くんの歯を守りたくてフッ素を塗るよう提案したから、また今度気が向いたら来てね。待ってるよ」

「来ない！　こんちゃん、歯磨きするから大丈夫だもん！」

「歯磨き頑張ってるのか、偉いね。でもね、ここだけの話……フッ素塗るとさ、歯にバリアみたいなものができるんだよね。虫歯を防ぐバリア。歯磨きも大事だけど、バリアがあったほうが安心だって、私は考えてるんだ」

脅す口調にならないよう、柔らかく優しく椎奈は言う。賢い幸太はその可愛い顔に「だまされるもんか!」という気合いをにじませるが、椎奈の口調に真実味を感じたのか、わずかに聞く姿勢を見せる。

「……バリアがないと、絶対に虫歯になるの?」

「ううん。そういうわけじゃない。歯磨きをきちんとしてる人は、大丈夫だって言われてるよ。でも、私は子供の頃、虫歯だらけですごく長い間治療を頑張らなくちゃいけなかったから、フッ素を塗っておけばよかったなーって後悔したんだ」

「え、虫歯? 歯医者さんのくせに虫歯になったの?」

幸太は椎奈の虫歯エピソードに食いついた。こうして興味を持ってもらえればしめたもので、椎奈はことさら真面目な顔を作って頷く。

「実はね。恥ずかしいから、あんまり言いたくないんだけど。今でも後悔してるから、時間を巻き戻せるなら子供の頃に戻って、歯磨きとフッ素塗布、頑張るのになーって思うよ」

「……そっかぁ」

身近な人間の虫歯になった経験談というのは、ただ脅されるよりこたえたのだろう。

幸太は神妙な顔をしていた。

とはいえ、怖がらせすぎもよくない。

「まあ、いざとなれば高橋先生が助けてくれるからさ。でも、虫歯になるのはおすすめしないから、気が向いたらフッ素を塗りにおいで。ママとパパにも相談してみてね」

「わかった！　近いうちに来る気がする」

「待ってるね」

幸太が納得したのを確認して、椎奈はほっとした。隣で亜子も胸を撫で下ろしていた。きっと、フッ素塗布の必要性をどう説明しようかと思っていたのだろう。

「じゃあ、また近々お邪魔すると思うので」

幸太が靴を履いているうちに、亜子がコソッとそう言いに来た。

「お待ちしてます。でも、あくまでフッ素塗布は推奨であって〝絶対〟ではないので、無理はしないでくださいね」

説得がうまくいったように見えても、気が変わることもある。そのとき亜子が必要以上に落ち込まないよう、フォローするのも忘れない。

「それにしても、さすが椎奈さんだなぁ。子育てでは先輩だから、やっぱり頼りになる」

感心したように言う亜子に、椎奈は「いやいや」と首を振った。

亜子は椎奈より三歳ほど年上だが、子育ては椎奈のほうが先輩だからと立ててくれる。よくお互いに子育ての大変さを分かち合うし、時々愚痴を言い合う。ママ友よりも少し気が抜ける、ほどよい距離感の知人だ。

「幸太のイヤイヤ期には、私も夫も参ってて……参ってちゃ、いけないんだけど」

「反抗期は大変って言いますもんね。それにしても社長、参るんですね。飄々《ひょうひょう》としてるイメージしかないです」

亜子の夫で幸太の父は、椎奈たちに家を貸してくれている不動産屋の井成社長だ。あのキツネ顔のイケメンが子育てで参っている姿が思い浮かばず、信じられない気持ちになる。

「あの人、幸太に甘いから『パパきらーい！』って言われると本気でショックを受けるの。ショック受けてないで叱ってよ！　って思うんだけど」

「荒れてますねぇ。でも、それだけ情緒がちゃんと発達してるってことらしいから。いいことなんですよ、きっと」

聞きかじったことを口にして、亜子をなだめた。子供の気質も発育もひとりひとり違うため、親の悩みも違う。気休めを言ってやることしかできないが、その些細《ささい》な言葉が支えになるのも知っている。

「翔流くんはもう手がかからない時期？　それとも絶賛反抗期？」

「うーん……おっとりしてるから元々あまり困らせられることはないんですけど、強いて言えば人を拾ってくるのはちょっと困るなぁって思います」

今では慣れつつあるが、テンの存在は衝撃だった。彼を勝手に連れてきたのは、翔流の反抗期といえばそうなのかもしれない。

「そういえばテンさん、見たよ！　何か、懐かしい感じがする気がする……昔の知り合いに似てるのかなぁ」

有名人に会ったかのノリで亜子が言う。だが、椎奈が気になるのは彼女の言葉だ。

この手のことを言われるのは、実は初めてではない。

この前も、田尾ミートの美沙子に「昔お世話になった人に似てる」と言われた。そして、ステーキ肉を特別に値引きしてくれたのだ。

それを聞いたときは、てっきり竜郎のことを言っているのかと思ったのだ。椎奈の目にはテンの姿は竜郎によく似て見えているし、美沙子にとっても知り合いだ。

しかし、井成不動産に勤めるようになってからこの町に来たという亜子が、竜郎と知り合いであることは考えにくい。亜子が勤め始めたのが五年前、竜郎たちが亡くなったのは十年前なのだから。

「ママー、まだー？」

つい話し込んでしまい、靴を履いて待っていた幸太が痺《しび》れを切らして亜子を呼んだ。

ひょいと覗いてきたその頭には、なぜだかふわふわの三角耳が生えて見えた。

「こ、幸太！　しまって……！」

焦ったように叫ぶや否や、亜子は挨拶もそこそこに出ていってしまった。

残された椎奈は、疲れたのかと思い、目を擦《こす》る。だが、見間違いではないのかもしれないとも思った。

ずっと昔に翔流が、井成社長にふさふさの尻尾が生えているのを見たと言っていた。

それを聞いたときはそんなことあるわけないと思ったのだが、キツネの尻尾や耳くらい生えていることもあるかもしれないと今なら思う。

神様だって存在しているのだ。しょぼいけれど。

それなら、不思議な耳や尻尾が生えている人がいてもおかしくないだろう……たぶん。

テンのおかげで、そんなふうに考えられるようになるくらいには、椎奈の心は柔軟さを取り戻しつつあった。

（一体、誰に似てるっていうんだろうなぁ）

仕事を終えて帰宅した椎奈は、居間から台所を見つめて考えていた。

やはり、昼間亜子が言っていたことが気になっていたのだ。

台所に立って大根をおろし金で一生懸命すっているテンを見ても、答えはちっとも浮かばなかったが。

「しーちゃん、どうしたの？　テンちゃんに見惚れてるの？」

椎奈の視線に気づいた翔流が、面白がるように言う。この子はどうにか叔母と居候との間に色恋を発生させたいようだが、残念ながらご期待には添えない。

「テンさんを見た人たちが『懐かしい感じがする』って口を揃えて言うのが、ちょっと気になっててね。それで、一体誰似なわけよ？　って考えてたの」

「あー、わかる。僕もテンちゃんにはこう、安心感みたいなのあるから、誰か知ってる人に似てるって感じるのかも」

椎奈が触れずに流したから、翔流もそれ以上は突っ込まない。このへんは、中学生なのに大人だなと思う。

「んー？　ご飯なら、もうできたからな」

二人の視線を感じたらしいテンが、出来上がった大根おろしを手にやってくる。

食卓には焼いた夏野菜と豚肉、それからポン酢だれ。これらにお好みで大根おろしを添えるのが、今晩のメニューだ。

「やったー。これ好き。もう暑さが落ち着くまでずっとこのメニューでいい」

ポン酢だれに大根おろしを入れ、それに焼いた夏野菜をディップして食べながら椎奈は言う。早くも夏バテ気味で、こうしてさっぱり食べられるものにハマっているのだ。

「これさえ食べてたら、栄養はとれる気がするもんね。食べやすいのが一番だよ」

翔流はポン酢だれをかけた大根おろしを白米に載せ、それをメインに食べている。そして白米をすべて食べ終わってから、野菜や肉に取りかかった。

「二人が美味しそうに食べてくれるからいいんだけど、連日大根ばっかり食べさせてる気がして、何とも複雑だ……」

喜んで食事をする椎奈と翔流を見て、テンは目を細めていた。彼はもっと豪勢な食事をもりもり食べてほしいらしいのだが、二人ともそれを望んでいない。

「質素なのを気にしてるの？　でも別に、夏の大根は安いものじゃないから、実はこれってそこそこお金がかかった食事よ？　時季によっては百円くらいで買えるものを二百円近く払って買ってるんだから、高級品よ！」

料理をしてもらっても、さすがに買い物まではさせられないと、食料の調達は相変わらず椎奈がやっている。

やや高いと感じつつも大根を買ってきているのも、今日のメインである夏野菜をおつとめ品のコーナーを中心に買ってきているのも椎奈だ。だから、食事の内容についてテンが気に病むことはないと言いたかったわけだが、どうもそういうことではないらしい。

「そうじゃなくて……もっといいものを食べてもいいと思うんだよな。肉とか」

「肉！　この前ステーキ食べたじゃん！　もう！　食費をケチるつもりはないけど、限度があるの！」

テンはどうやら先日の田尾ミートで買ったステーキ肉の味を気に入ったらしく、また食べたいということだったようだ。

椎奈も一緒に堪能して、それはもう美味しさに感動したわけだが、だからといってホイホイ買おうということにはならない。いくら値引きしてもらったとしても、家計としてはやはり痛かった。

「テンちゃん、僕カレーが食べたい。カレーなら、わりとお肉食べられるよ。野菜室にまだ残ってる夏野菜も使えるし」

肉が食べたい様子のテンに、翔流が提案する。ちなみにカレーは翔流の好物だ。だから、ていよく自分の好物を夕飯のメニューにしようとしているのだろう。

「カレーかぁ。それなら、冷凍庫に鶏もも肉があったから、それを使ったらいいかも」

「椎奈、鶏肉ばかりじゃ子供は育たない。翔流のために牛肉購入の検討を」

「残念でした！　うちの翔流は唐揚げと牛乳で育ってます！」

「そんなぁ……」

テンはどうにかして牛肉を食べられないかと交渉を持ちかけてくるが、椎奈は絶対に譲らない。翔流に加勢を求めようにも、彼はカレーに肉が入っていてもいなくても構わない派だから、あてにはならないだろう。

「あ……」

テンが翔流に助けを求めているのを横目に呆れていると、椎奈のスマホが鳴った。見ると、懐かしい人物からのメッセージを受け取っていた。

確か成人式か同窓会で会ったきりのその人物からのメッセージを、恐る恐る開く。

「えー……どうしよう」

メッセージを読み終えて、思わず声が出てしまった。

それは、高校時代の友人からのメッセージで、「近くに来てるから会えないか」というものだった。

「しーちゃん、どうしたの？」

「何か、高校のときの友達が『近くに来てるから会えないか』って言ってきてて」

「会えばいいじゃん！　行っておいでよ」

逡巡する椎奈に、翔流は無邪気に言う。

まだ友達と毎日顔を合わせるのが当たり前の環境にいる彼には、椎奈がなぜ悩むのかわからないのだろう。

椎奈としても、会いたいとは思う。

ただ、大人になると長らく連絡が途絶えていた人から突然呼び出されることが、楽しいことばかりでないのも知っているのだ。

「行ってきたらいいのに。翔流なら、俺が見てるから」

「僕、子守りがいる年齢じゃないよ」

テンが言うと、翔流はツボに入ったようで笑いだしてしまった。確かに、翔流を置いて家を空けることをもう気にしなくていい。

だが、問題はそこではないのだ。

「……浄水器を売りつけられたり、宗教の勧誘されたりしたら、どうしようかなって。そんなことされたら、嫌いになっちゃうもん。だったら、会いに行かないまま思い出にしときたいかなって」

言ってから、椎奈はズーンと落ち込んだ。それはもう経験済みなため、どうしても身構えてしまうのだ。

数年前に専門学校時代の友人から久々に連絡があったと思ったら、その手の勧誘だったのだ。仕事を休んで、翔流が学校に行っている昼間に会いにいったぶん、ショックは大きかった。

「それでも、会いに行ったほうがいい。人との縁は、繋がっているうちに大事にしないと」

いまいち乗り気にならないものの、きっぱり断る決断もできない椎奈の背中を、テンは押そうとしてくる。そう言われると、会いに行きたい気もしてくる。

「宗教はテンちゃんで間に合ってるし、浄水器はいらないって言えばいいよ。それに、会う場所はしーちゃんが指定したらいいよ。そしたら、山奥に連れて行かれる心配もないから」

翔流はどこで仕入れた情報なのか、宗教の勧誘は車でどこかへ連れて行って、契約か何かを結ぶまで自力で帰れないようにされるのだという知識を披露した。

「それなら、確かにいいかも……」

翔流のアドバイスに従って、椎奈は返信し、市街地の駅前で会おうと提案してみた。

すると、すぐに了解と返って来た。

「わ、今から会うことになった！　どうしよ……」

「どうしよじゃないでしょ、行っておいで」

「うん、行ってきます！」

さっきまで迷っていたくせに、実際に会うとなると椎奈の心は弾んだ。テンの言葉もあるし、彼がいてくれることで翔流を置いていく罪悪感がほとんどないというのも大きい。

幸い帰宅して着替えも洗顔もしていなかったため、まだよそいきの格好のままだった。だから送り出されて、椎奈は駅まで早足で向かう。

それから電車に三駅ほど揺られ、目的の市街地へとやってきたのだった。

「え、もしかして……椎奈？」

人が多くて捜すのが大変だろうかと思っていたのに、改札を出るとすぐに声をかけられた。

「あ……舞子《まいこ》ちゃん？　大人になってる！　声かけてくれなきゃ絶対わかんなかったよ！」

椎奈に声をかけてきたのは、ゆるくウェーブのかかった髪と上品な眼鏡が特徴の大人な女性だった。記憶の中にある高校時代の舞子は、明るい髪色で眼鏡ではなくコンタクトで、今とは全然違う印象だったから、すぐにはわからなかった。

「大人になってるって……当たり前でしょ。私たち、もうアラサーだもん。でも、椎奈は変わらないね」

「そう？　でも実は、人生があっという間すぎて、ちゃんと歳を重ねられてる実感ないんだよね」

顔を合わせると何だか照れてしまって、二人して笑った。そしたら会わずにいた年月を飛び越すみたいに、二人の気持ちは近づいた。

「どこで話そうかなって思って待ってる間に近くの店を調べてたらね、駅ビルの中に可愛い店があったよ。カフェレストランっていうから、お茶も食事もできるね」

「いいね、そこに行こう」

舞子がいろいろ事前に調べていてくれるのは、高校のときから変わらない。しっかり者だし、何よりみんなでどこかへ行く計画を立てるのも引っ張っていくのもうまい子だったのだ。

二人は高校時代もよく遊んだ駅ビルの中に入り、変わってしまった店や変わらず残っている店を見てはしゃいだ。フロアガイドで確認する限り、十年前にあった店のほとんどが別の店に変わっていて、時の流れを感じさせた。

「舞子ちゃんは今何してるの？」

「大学進学で他県に出て、そのまま就職したよ。システム管理系の会社に就職して、きついなーとか思いつつずっと続いてる感じ」

「システム管理！　難しそう」

「まあ、慣れるまではね。でも私はシステム自体をどうにかする部署じゃなくて、顧客サポートだから、あくまで人間相手の仕事かな」

店に入ると、近況報告で盛り上がった。学生時代のお互いしか知らないぶん、仕事の話は新鮮で面白い。しかも、なかなか聞くことのない異業種の話となると、すべてが興味深く聞こえる。

業種は違えど、仕事のあとのお酒の美味しさがわかるようになったというのは同じで、二人は大いに笑ったのだった。

「それでね、実は今日、椎奈に相談というか、ちょっと経験談みたいな話を聞かせてもらえたらと思って……」

食後に頼んでいた飲み物が運ばれてくると、舞子はそう神妙に切り出した。

〝経験談〟とは何だろうと、椎奈は身構える。

「な、なんだろう……話せることならなんでも話すけど」

「私、今度結婚するんだけど、相手が子持ちの人でね、それで甥っ子くんを育ててる椎奈にいろいろ聞けたらなって」

「え！　わぁ、おめでとう！　そっか、結婚……！」

身構えていただけに、思いもかけない慶事の報告に椎奈は驚いてから、ひとまず喜んだ。しかし、話のメインは結婚報告ではないのだと、すぐに興奮を鎮める。

「いわゆるステップファミリーってやつだから、少しでも参考になればと思って話を聞きたかったの。どういうことに気をつけたら、その……継母と継子の関係ってうまくいくのかなって。椎奈の場合は叔母と甥っ子だから、もしかしたら全然違う話なのかもしれないけど」

「なるほどねぇ……」

今どきは子連れ再婚をステップファミリーというのかと興味深く思いながら、椎奈は何を話そうかと頭を巡らせた。

しかし、翔流との関係は親子よりも姉弟に近いため、きっと参考にはならないだろう。しかも、翔流はとびきり扱いやすい子ときている。

それこそ、井成家の幸太のような賢いきかん坊なら手を焼かされただろうが。

「甥とは十二歳差しかなくて、親と子っていうよりも姉と弟って感じなんだよね。それに、甥が生まれたときからずっとそばにいるから、引き取ってから仲良くなるっていう過程もなくて」

「そっか……」

「でも、私と姉夫婦の関係は少しは参考になるかも！」

椎奈から何も聞ける話がないとわかると、舞子は目に見えてしょんぼりした。

わざわざ旧友に連絡を取るくらい、彼女は誰かの話を聞きたかったのだ。それならば少しでも有益な話を持ち帰ってもらわなければと、椎奈は気を利かせる。

「実は私、十歳から姉に育てられてるのね。いわゆる親がろくでなしで、八歳上の姉はひと足先に家を飛び出してて……自活できるようになってすぐ、私のことを迎えに来てくれたの。それで、何だかんだあってその二年後に姉は結婚するんだけど、義兄になる人はまず私に気に入られようと必死だったよ」

こうして言葉にして説明すると自分の境遇はとんでもないなと、客観視して椎奈は苦笑いした。

だが、姉の果歩に引き取られてからの日々は幸せそのものだ。

「義兄はね、姉に惚れ込んで『結婚を前提にお付き合いしてください』って申し込んだんだけど、姉は『育ち盛りの可愛い妹との暮らしの邪魔をしないで』って、何度も突っぱねたらしいの。それで義兄は諦めきれずに、今度はターゲットを私に変えて、気に入られよう、姉との結婚の許可を得ようって努力したんだ」

竜郎からの贈り物もどこかへ出かけるお誘いも、すべて椎奈ありきのものだった。だからよく物をもらったし、二人のデートにお邪魔する格好になっていた。

最初はよくわからない、顔見知り程度のお兄さんが物をくれるなぁとか、遊びに連れて行ってくれるなぁと思っていたが、回数を重ねるうちに果歩のことが好きだからだとわかると、椎奈は竜郎を応援するようになった。

「私のほうはすぐに懐いちゃったし、義兄が姉のことを好きなんだってわかったら協力してあげたくなって、そっからはうまくいった感じ。で、義兄はプロポーズ前に私に『俺が椎奈の兄ちゃんになったら嬉しいか？』って聞いてくれたの。それに『うん』って答えたから、二人は結婚したんだ」

「わぁ……お姉さんたちのなれそめ、すごくロマンチック」

果歩と竜郎の結婚のいきさつについて話すと、舞子は感激していた。実際はもっと果歩が塩対応だったのとか、竜郎が果歩に不審がられていたとか紆余曲折《うよきょくせつ》はたくさんあるのだが、大体はこんな話だ。

「だからこの話からコツというか、うまくいった理由みたいなのを連れ子ポジションの私から言わせてもらうなら『子供を邪魔者やおまけ扱いしない』ってことかな。私も姉も義兄を気に入ったのは、〝夫婦ではなく家族になりたい〟って、私も含めた話をしてくれたからだから」

たった五年ではあるが、椎奈は姉夫婦と幸せに暮らした。思春期の子供がそんな状態で遠慮もせずひねくれもせずに育つことができたのは、彼らが絶対に椎奈のことを邪魔者扱いしなかったからだ。

むしろ、親にもらえなかったぶんの愛情を、彼らからもらった。大事に大事に育んでもらったからこそ今、翔流のことを大切に育てられているのである。

「そんな大切な人たちを椎奈は高校生のときに……」

「うん、高三のときにね」

「……生い立ちのこともそうだけど、大変な話をさせちゃってごめんね」

椎奈にとってはなんてことのない話だが、聞かされた舞子にとってはヘヴィだったらしく、落ち込ませてしまった。

「全然。むしろ、お姉ちゃんたちのこと、誰かに聞いてもらえて嬉しかった」

椎奈が笑うと、舞子もようやくほっとしたようだった。

「そっか。邪魔者やおまけ扱いしない……わかった。してるつもりはないけど、十分気をつけるね」

「うん。何歳の子かにもよるかもだけど、『あなたと家族になれて嬉しいよ』って伝えるだけでも、全然違ってくるんじゃないかな」

椎奈と仲良くなりたくて仕方がなかった竜郎は、過剰なくらいに構ってきたものだ。子供のタイプによってはその方法は逆効果かもしれないが、遠慮しすぎて放っておくより構ったほうがきっといいだろう。

「夫になる人の子供は、まだ四歳で、ほとんど赤ちゃんのときに母親が亡くなってるの。だから、私との再婚の反対はしてないし、会えば愛想よくしてくれてはいるんだけど、まだ壁があるというか……だから、椎奈の話が聞きたかったんだ」

「そうだったんだね……」

椎奈の脳裏には様々なことが去来したが、そのどれも迂闊《うかつ》に口にするべき言葉ではないと思って結局呑み込んだ。

「これからゆっくり、家族になれていけたらいいね」

「うん。ありがとう」

今言える精一杯の言葉を伝えると、舞子は嬉しそうにした。

不安もあるのだろうが、きっと彼女は今、幸せなのだ。

それから二人の話題は椎奈のことに移り、椎奈の彼氏の有無や今後の展望などの話をした。

とはいえ、浮いた話などないし、転職の予定もない。楽しく生きてはいるが、これから先何か大きな変化などないだろうということで話は落ち着いてしまった。

「でも何か、すごい幸せオーラというか安定感みたいなのを感じたから、絶対に恋人がいると思ったのに」

別れ際、少し納得いかない様子で舞子に言われたとき、一瞬テンの顔が頭に浮かんだ。

しかし、それをすぐに打ち消す。

「そんなんじゃないよ。ただまあ、養わなきゃいけない家族は増えたんだけど」

椎奈が悩んだ末にそう答えると、舞子は「ペットかぁ」と微笑んで帰っていった。

彼女が乗る電車のほうが先に来てくれてよかったと、彼女が見えなくなるまでの間こらえて噴き出してしまってから思った。

（ペットかぁ……本人には聞かせられないけど、近いものがあるのかもしれない）

思わずニヤけながら、椎奈はそんなことを思う。テンには決して聞かせられないが。

癒やされるだとか可愛いだとか、愛らしい動物に対して思うような気持ちはないものの、いてくれるだけでいいとか家族の一員だとか、そういうふうに考えるのは共通しているだろう。働かないのにお金がかかるというのも、同じだ。

それに、ありがたみは感じている。今日だって、テンがいてくれたからこそ、椎奈は舞子の呼び出しに応じて会いにくることができたのだから。

「……何かお土産、買って帰るか」

ありがたいと感じるならば、お礼が必要だろう。そう考えて、椎奈は駅についたらコンビニに寄って、何かスイーツを買って帰ろうと決意した。

3

久々に舞子に会った数日後のこと。

椎奈はまた彼女から連絡を受けた。昼休みにスマホを確認すると、彼女からメッセージが来ていた。

『婚約者の子供に嫌われてしまったかもしれない』という、文面からも悲痛さが伝わってくる内容だったため、すぐ、彼女に返信をした。

『ごめんね、せっかくの昼休みなのに……』

返信をしてすぐ、舞子から今度は電話がかかってきた。心配した通り、声を聞くだけでも落ち込んでいるのが伝わってくる。

「大丈夫だよ。クリニックの休診時間は基本休んでて平気だから、よくこの時間にスーパーで買い物したりするくらいだし」

『そっか。ありがとう』

ひとまず友人の声を聞いて落ち着いたのか、舞子が電話の向こうでほっと息をつくのがわかった。きっと、仕事中も気が気ではなくて、誰かに話を聞いてもらいたかったのだろう。

とはいえ、内容が内容だけに、誰にでも話せるわけではない。婚約者や自分の両親などを相談先として選べなかった理由にも思いを巡らせた椎奈は、自分が一番適任だったに違いないと考えた。

「何で嫌われたって思ったの？」

『それがね、この前私、〝あなたと家族になれて嬉しいよ〟って伝えたくて、手紙を書いたの。それの返事を子供がくれたんだけど、私読めなくて……そしたら、泣かせちゃったのね』

「あらら……」

椎奈にその経験はないが、聞いたことがある。四、五歳くらいの子供だと、周りの人の真似をして手紙を書きたがるのだとか。だが、まだ文字を学んでいないことが多く、もらったほうは正しく読むことができない。

それを気にしない子もいれば、プライドが高い子は過剰に傷ついて泣いてしまうのだという。子供のタイプによって反応が異なるため、対処方法もそれぞれだ。

『絶対に傷ついたんだと思うの。だから、何とか解読できないかなって思うんだけど』

「そうよね。読んであげなきゃ、仲直りも難しいだろうし」

『あ、ごめん。私からかけたのに、もう切らなきゃ。手紙の画像送るから、よかったら解読を手伝ってほしい』

「わかった。じゃあまたね」

椎奈のようなクリニック勤めと一般的な会社勤めの人の昼休みは、なかなか被ることはない。そのため、舞子との電話は慌ただしく切れてしまった。

少し待っていると、問題の手紙の画像が送られてきた。

これでも甥を育てたのだからと、自信満々で画像を拡大した。だが、すぐに首を傾げることになる。

「え……ん？　クレヨンの文字が潰れてるとか以前に、これは文字なの……？」

思わず呟いてしまうくらい、それは難しかった。

「何だい、寝違えみたいに首を傾げちゃってさ」

外へ昼食を食べに出ていた野中が戻ってきて、首を傾げる椎奈に問う。

ちょうどよかったと、椎奈は送られてきた画像を野中に見せてみた。

「野中さん、これ、読めますか？　子供が書いた手紙らしいんですけど」

「あんた、手紙って……そんなプライベートなもん人に見せるんじゃ……こりゃ、読めないね」

よく考えれば手紙などというプライベートなものを見せるものではないのだが、野中が心配するようなことはなかった。

やはり、読み取れないのだから。野中はしばらくしげしげとスマホを覗き込んでから、お手上げというように肩をすくめた。

「それこそこういったものは、井成さんとこの生意気小僧にでも見せてみたらいいんじゃないか？」

「あ、なるほど。子供の書いたものは子供に見せたらわかるかもってことですね」

「大人がこうして頭突き合わせて考えるよりかは、正解に近づくだろうよ」

それだけ言うと、野中はさっさと仕事に戻ってしまった。彼女の仕事は事務のため、クリニックがしまっていてもとりまとめなければならない書類などがたくさんあるのだ。

邪魔をしてはいけないと、椎奈は再びひとりでスマホに向き合う。

「幸太くんが今度来るの、まだ先だもんなー」

ついに決意した幸太がフッ素塗布をしに来る予約が入ったのだが、それは何日も先なのだ。だから、彼に見せるという手も使えない。その数日間、答えが出ないまま舞子も待つのは嫌だろうし。

困ったなと思いつつも、椎奈もこの手紙の謎解きだけをしているわけにはいかない。昼休みを終えて業務に戻ってからも頭の片隅には置いておいたが、結局何のひらめきも得られなかった。

家に帰り着いてから改めて、椎奈は手紙の解読に挑んだ。

と言いつつも、ハイボール片手にスマホを見つめて首を傾げているだけだったが。

「え、これ、子供の書いた手紙？　うーん……文字、じゃないんじゃないかなぁ」

翔流に見せてみても、やはり読めないようだ。スマホを縦にしたり横にしたりして読もうと試みてくれたが、さっぱりわからなかったらしい。

「四歳の子って、まだ字を習わないんだっけ？　でも、翔流は書けてた気がするんだけど」

十年以上も前のことを思い出し、椎奈は言った。確かそのくらいのときの翔流に手紙をもらった記憶があったのだ。

「いや、あれは僕が勝手に書けただけ。普通は年長さんくらいで習うんじゃないかな。でも僕の周り、おませな子が多かったから手紙の交換が流行ってさ、返事を書くために字を覚える必要があったんだ」

「そういえば、翔流は小さいときからモテたもんな……」

まさか字を覚えるきっかけがラブレターの返信のためというのもなかなかだなと、自分の甥ながら翔流のエピソードに椎奈は苦笑いした。可愛い顔をしている上に物腰ソフトだからか、昔からこの子はモテるのだ。

「これはひらがなを文字だと認識できてない人が、形だけ真似て書いたように見えるなぁ。『あ』とか『ん』とか、僕たちは文字だって認識してるけど、何も知らない人にはただのぐにゃぐにゃな線だろうから」

「なるほどねぇ。確かにこれはそれっぽく書こうとした〝文字もどき〟って感じするもんね」

翔流の考えを聞いて、椎奈は納得できてしまった。

いくら〝ミミズののたくったような〟なんて表現されるような悪筆や走り書きであっ

ても、それが文字として書かれているのであれば、そこそこ読めるものなのだ。少なくとも、意味を汲《く》むとっかかりくらいはある。

ということは、舞子から送られてきたこの子供の手紙は、そもそも読めないのかもしれない。つまりはお手上げだ。

「椎奈、それが気になるのもわかるけど、お風呂に入っちゃいなよ」

帰ってきてからずっと、食事中も食後もスマホとにらめっこしている椎奈に痺れを切らし、テンが声をかけた。

「うん……うー……」

このまま寝落ちして迷惑をかけるのは避けなければと、椎奈は頑張って立ち上がった。今日は思い返せば午後の診療時間はずっと立ちっぱなしで働いていて、帰宅してようやく座れたのだった。

そういうときは本当なら、湯船に浸《つ》かって疲れを癒やすべきなのだろう。だが、湯船で寝落ちして溺れるのも、翔流やテンに助け出されるのも嫌だから、シャワーで済ませる。

いつもなら、シャワーを浴びれば多少疲れがマシになるのだが、今日は何だかだめな日だ。暑いせいもあるだろうが、それだけではない気がする。

年々、疲れの取れにくさを実感する。十代や二十代前半は、「疲れた」という大人たちのことがまったくわからなかった。どれだけがむしゃらにバイトをかけ持ちして学校に通っても、仕事が終わって別の仕事を入れていても、全然平気だった。

だが、二十五歳を過ぎたあたりから、寝ても完全回復とはいかなくなった。無理をすれば翌日に響くのが当たり前で、睡眠や食生活に気を遣ったところで付け焼き刃という感じだ。

今週も、ヘルプを頼まれることが多かったから連日田尾ミートやなじみの店の手伝いを夜にしていたら、少しの晩酌でこのざまである。アルコールのせいではなく、確実に疲れが取れにくくなっているのを感じる。

「……歳かぁ」

椎奈の切ない呟きは、お湯と一緒に排水口に飲まれていった。

「もう少しだけ解読を頑張って、それから休むか」

お風呂から上がった椎奈は体調を鑑みて晩酌の再開を諦め、再びスマホを見つめた。

クレヨンを何色も使った、全体として明るい印象の可愛らしい手紙だ。手紙のその内容自体はわからないものの、小さな子供が一生懸命書いたのは伝わってくる。

この手紙をもらったとき、舞子はきっと嬉しかっただろう。子供も、喜んでもらいたくて書いたに違いない。

それを考えると、読めなくて泣かせてしまった……でこの手紙のやりとりが終わるのは、あまりにももったいないないし、切ない。

解読の他に何かいい案がないかと頭を悩ませていると、体が疲れを訴えてきた。勝手に目蓋が下りてくる。上体を起こしていられなくて、居間のテーブルに突っ伏してしまった。

「椎奈、まだ寝ないの？」

寝入りそうになったところで、体を揺さぶられた。

「んー……」

近くでテンの声が聞こえてくる。どうやらうたた寝しているのを見つけて、起こそうとしているらしい。

「……もうちょっと、これ読んでから……」

「椎奈は手紙にご執心だなぁ」

「うん……」

「わかった」

起こすのをあきらめたのか、体を揺さぶる手が止まった。だが、彼がすぐに立ち去る気配はない。しばらく、近くで何かをしていた。

ゴソゴソと何かをしている気配がすぐに近くにあったため、椎奈は完全に眠ることはなかった。だから、しばらくうつらうつらしたのちに、這《は》って居間を出ることができた。

この家に越してきてすぐのときは、二階の部屋を欲しがる翔流を説得して一階の部屋をあてがうつもりだった。結局ジャンケンで椎奈が負けて、今の部屋割りになっているのだが、疲れ果てたときや酔いがひどいときはそれでよかったと思っている。

一階の部屋ならば、こうして居間から這って戻ることができるから。それに、風呂もトイレも一階にあるということは、それらの場所へも這って移動できる。

「うんうん。今日も自分で布団に入れたね」

椎奈が何とか自室へ戻り、布団にもぐりこんで少ししてから、襖の向こうから呟く声が聞こえた。テンが様子を見に来たのだ。

彼だったら、椎奈が無事に部屋に戻れず寝落ちしたら、お姫様抱っこでもして運んでくれるのかな――そんなことをうつらうつらしながら考えたこともあるが、俵担ぎされるオチが見えてしまった。だから、今も椎奈は運んでもらうことを期待せず、自力で這って戻る。

（……テンさんが恋人になることは、まずないよねぇ。そもそも恋愛も結婚も、縁がな

いものだし）

夢に落ちる狭間《はざま》で、つらつらと考える。身近な人が結婚するから、きっとそんなことに意識が向いてしまったのだろう。

でも、誰かを好きになったりその人と結婚したりという未来は見えない。

というより椎奈は、自分の未来が見えないのだ。必死な日々の中、あるのは今だけである。

（翔流が大きくなって、大人になって、この家から出ても、私の生活は続いていくのにね……）

真っ黒な無に呑み込まれていくような感覚を覚えながら、椎奈は眠った。

その翌朝。

「……何これ？」

スマホのアラームでいつも通り目覚めた椎奈が部屋を出ようとすると、襖に何か挟まっているのを見つけた。

拾い上げてみると、それは紙片だ。レシートか何かかと思ったが、明らかに手書きの文字が書かれている。

「……達筆？　すぎて読めないな。テンさんからか」

読もうと試みるものの、見慣れない文字列に古文書でも見ているような気分になってきて、やめた。捨てるのも悪いから、今度家計簿をつけるときにでも読み直そうと、一応はレシートなどを一旦保存しておく箱に入れておく。

「おはよう椎奈！　手紙、読んでくれた？」

「うぉ……お、おはよう……」

起き上がった瞬間から何となく調子が悪いなと感じてはいたのだが、台所に行ってテンに声をかけられたとき、いよいよ不調なのを自覚した。

彼の声が、やたらと頭に響くのだ。いつもより、彼が元気なせいもありそうだが。

「頭痛い……」

「大丈夫？　え、風邪かな？」

「ううん……これは、自分の代謝を超えてアルコールを摂取してしまった結果……アルデヒドが……アセトアルデヒドが悪さをしてるだけ……」

テンに説明しながら、椎奈は頭を押さえた。痛む部分が熱を持ったみたいにドクドクと脈打っている。

こんな感覚は久しぶりだ。いつもなら缶のハイボール一本でひどく酔うことはないし、二日酔いになるなどありえない。

「うぅ……肝臓の疲れに効くやつか、いや……先に鎮痛剤で痛みを取って……それなら胃薬もか…」

ふらふらしながらも、テレビの横に置いてある救急箱を漁る。もとは小さな翔流が風邪を引いたり怪我《けが》をしたりしたときのための薬を常備しておく箱だったのが、今では椎奈のための鎮痛剤や胃薬が入った箱と化している。

「椎奈、薬を飲むなら何か食べたほうがいいよ」

「うーん……今日の朝食は何？」

「ピザトースト」

「……お茶漬けにするよ」

テンが翔流のスマホを借りていろんな料理の勉強をしてくれていることは知っている。だから、今朝のピザトーストも張り切って作ってくれたのだろう。

元気なら、きっと美味しく食べられたものだ。だが、今は無理そうだった。

椎奈は茶碗に昨夜の残りの白米をよそい梅干しを載せ、昆布茶とお湯をかけて食べた。その様子をテンが心配そうに見ているのが申し訳なくて、椎奈は小さく「ごめんね」と言った。

「あれ、しーちゃん。調子悪いの？」

「うん。でも、薬飲んだから大丈夫」

夏休みに入ったからいつもより遅く起きてきた翔流が、テーブルに散らばる薬の包みを見て気がついたらしい。心配をかけてはいけないと、椎奈は笑顔を作って立ち上がった。

本当はもう少しゆっくりしてから出勤の準備をしたかったが、このままここにいたら翔流にも気を遣わせてしまう。

普通の人なら、弱っているときほど気を遣われたいだろう。優しさを求めるだろう。しかし、椎奈は違う。優しさを返す余裕がないときほど、誰かに優しくされるのを厭《いと》う。気遣われるのが重荷になる。「大丈夫？」と聞かれて余裕の笑顔で「大丈夫」と応えたいのだ。だからそれができないほど弱っているときは、平気なふりをして逃げてしまう。

薬が効いてくるのを祈りながら、自室に戻って何とか支度を整える。今日失敗してしまったなと思ったのは、起きてすぐ着替えてメイクをして居間に顔を出さなかったことだ。そうしていれば、もしかしたら翔流には不調を気づかれず、大して心配もかけずに済んだかもしれないのに。

「今日はオレンジ色強めのチークにするかぁ……」

仕事中はマスクで隠れていて見えないが、少しでも顔色をよくしておきたくてオレンジ色のチークを心持ち濃いめに塗る。二日酔いで血色最悪のゾンビみたいな顔色の日には、チークはオレンジ、アイシャドウはテラコッタカラーを使って元気の良さを演出するのだ。

疲れが取れにくくなるに応じて、どんどん化粧がうまくなる。心配をかけたくないのもあるし、気分の悪さを隠すのも社会人としてのマナーだと思っているからだ。

「じゃあ、行ってくるね。翔流も部活に行くとき気をつけて。テンさんは、留守番よろしくね」

支度をして居間にもう一度顔を出したときは、椎奈はしっかりと笑えていた。姿形をしゃんとしてしまえば、気持ちがついてくるのだろう。

翔流はやや訝る表情をしてみたものの、すぐに「うん」と頷いた。彼は椎奈との暮らしが長いから、〝深追い〟しないラインを心得ている。弱り果てた椎奈に過干渉が逆効果だと、ちゃんとわかってくれているのだ。

「椎奈、いってらっしゃい。あのさ、手紙読んでくれた？」

玄関まで見送りにきたテンが、そわそわした様子で聞いてきた。そういえば朝起きたときから手紙のことを言っていたなと、痛む頭で思い出す。

「あー……うん」

「あれ、俺の椎奈への気持ちを込めて書いたから」

曖昧な返事でごまかそうとしたのに、テンに期待に満ちた顔で言われると難しかった。

（テンさんの私への気持ちって……）

瞬時に頭の中で考えを巡らせるも、すぐには思いつかなかった。だが、普段以上の甲《か》斐《い》甲《が》斐《い》しさとわざわざ手紙を書いてきたことを合わせて考えて、ひとつの答えにたどり着く。

「……わかった！　お肉食べたいんでしょ？　買って帰るから」

テンがご機嫌取りをするなんて、肉が食べたいに違いない――そう結論づけて、椎奈はニッコリして言った。ここのところ倹約メニューばかりだったから、そろそろ要望を叶えてやってもいいだろうと思ったのだ。

だが、明らかにテンの顔が不機嫌になった。幼児だったらきっと、プクッと頬を膨らませているに違いない。

頬を膨らませてはいないものの、わかりやすく口元は〝ムッ〟としていた。

それを見て「しまった」と思ったものの、もう遅い。

「……わからないならわからないって言ってくれたらいいだろ！」

「あ……」

謝りたかったのに、テンは踵《きびす》を返すと台所へ戻っていってしまった。追いかけて謝ってから家を出ようと思ったが、頭の痛みがそれを邪魔した。

こういう体調の日は、少し早めに家を出て、コンビニでお高めの栄養ドリンクを買うと決めているのだ。

「……いってきます」

誰に言うともなく言って、萎《しぼ》んだ気持ちで家を出る。一瞬胸の中に湧いた「何でよ？」という苛立ちも、歩くうちに薄れていった。

失敗したのだと、自分が間違っていたのだと、気がついたのだ。

「あー、やっちゃったなぁ……」

コンビニで箱入りの高価な栄養ドリンクを買ってひと口飲むと、その独特の生薬のくさみと苦味に眉間に皺が寄る。それをグッとこらえて飲み干すと、体に力が漲《みなぎ》ってくる。高いだけあって、効果は覿面《てきめん》だ。

体に力が漲ってくると、頭も冴えてくる気がした。冴えてくると、自分がどんな間違いを犯したかわかる。

そして、昨日から頭を悩ませていたことも含めて、足りなかったピースがパチリとハマるような、そんな心地がした。

「……わかったふりは、よくないよねぇ」

舞子の継子の手紙の件も、テンの手紙も。わかったふりをしたことで、こじれたのだ。

わかっていないのにわかったふりをすれば、そこでコミュニケーションは途切れてしまう。相手にしてみれば、それは拒絶されたのと同じだろう。

拒絶されたと思ったから、舞子の継子もテンも傷ついたに違いない。

そこまで意識が至ったことで、失敗してしまったなぁとしみじみ思う。

ただ、これもひとつの正解だ。見つけたからには、知らせておかなくてはならない。

『手紙の件なんだけど、わからないってことを伝えて、そこから対話を試みたらどうかな。たぶん、わかったふりをされたことに傷ついたんじゃないかな？』

ひとまず、今しがた得た気づきを舞子には送っておく。これだけでは何だか偉そうだから、今朝の自分の失敗談も添えて。

すると、すぐさま彼女から返信が来た。

『やっぱり正直に言うしかないよね。椎奈のほうも、甥っ子くんと仲直りできますように』

「甥っ子のほうじゃなくて、同居人なんだけどね……」

舞子からの返信を見て、椎奈は苦笑した。テンのことはまだ話していないから、翔流とのことだと思われたのだろう。

別に隠しているつもりはないが、いざ人に話すかどうかと考えると、困ってしまう。何せ神様だ。突然野良の神様を甥が連れてきたから一緒に暮らしているなんて、正気を疑われかねないことを言えるわけがない。

だが、神様であるという情報を伏せれば、ただの〝ヒモ〟だ。結婚を控えて幸せいっぱいの友人の耳に、ヒモを養っているなどという情報は入れたくない。

「あ……神様の機嫌を損ねちゃったのか、私」

飲み干した栄養ドリンクの瓶をゴミ箱に捨てたとき、ふと椎奈は気がついてしまった。人間ではない、不思議な存在なのはわかっているはずなのに、神様なんだということはつい失念していた。

家に置いてやるきっかけは〝行き場のない神様だから〟だったが、一緒に暮らし始めるとそんなことは意識しなくなっていた。

別に家に置く代わりに願いを聞いてもらおうなんてことは思わないし、いてくれるだけで役には立っている。彼自身、料理を担当することで自らの存在価値を示してくれてもいる。

だから神様というよりも、同居人なのだ。

(同居人もなぁ……いざ人に説明するとなると、ちょっとあれだよね)

便宜上同居人と表現するしかないのだが、それもしっくり来なかった。世間ではきっと、異性の同居人イコール恋人やそれに準ずる存在だと思うだろう。

同居人でなければ今度は、甥と暮らす家に無関係の赤の他人を住まわせていることになってしまう。それはそれで、ヒモよりも外聞が悪い気がする。

(大事なのは関係性を表す言葉じゃなくて、仲良くできてるかどうかだよね)

人にテンのことをどう紹介するかよりも、彼とどう仲直りをするかが重要だ。

それでもひとまず気持ちを切り替えて仕事に行かねばと、夏の日差しの下へと歩き出す。

梅雨が明けて一気に、夏が本気を出してきた。ひとたび日差しの下に出たら、そのまま地面に焼きつけられるのではないかと思うほどの暑さだ。

きっと家を出てそのまま職場に向かっていたら、今日の体調なら目眩《めまい》でも起こしていただろう。しかし、先ほど飲んだありがたい生薬たっぷりの栄養ドリンクのおかげで、椎奈はどうにか歩けている。

(大丈夫。元気に仕事できる。だから、仕事が終わったら、ちゃんと朝のこと謝って、仲直りするんだ)

栄養ドリンクによる一時的なまやかしとはいえ、体調が回復すると思考も上向きになった。気持ちや心なんてものは、体調に引きずられるものだ。だから、元気に動いて働いているうちに椎奈の気持ちは持ち直して、仕事終わりは軽やかにスーパーに向かっていたほどだ。

「ただいま。今からご飯、作っちゃうからね」

必要な食材を調達して帰宅した椎奈は、玄関を開けてそう宣言した。

テンに夕飯の支度は米を炊いておくことだけでいいと、翔流を通じて伝えてある。

「おかえり、椎奈。……体調は大丈夫なの？　無理しなくても、何食べたいか言ってくれたら俺が作るよ」

朝のやりとりがあったからか、テンは何だかぎこちなく言う。きっと不機嫌になったことを、彼なりに気にしているのだろう。

「もちろん、手伝ってもらうよ。今日はみんなで夕飯作りたいなって思って」

そう言って、椎奈はスーパーの袋をテンに差し出した。それから、洗面所まで駆けていき、手を洗って戻ってくる。

「今日は、ロコモコ丼を作ります！」

「ロコモコ！　やった！」

メニューを聞いて、翔流が歓声を上げた。わかりやすく子供が喜びそうなメニューなら何でも好きな彼は、この料理が大好きだ。

「じゃあ、翔流は野菜を洗う係して」

「はーい。終わったら器にご飯よそっとくよ」

何を作るのかわかっている翔流は、冷蔵庫の野菜室からレタスを出したり、食器棚から深めの皿を出してきたりテキパキと準備を進める。

だから、椎奈は何もわからずにいるテンに向き直った。

「ロコモコっていうのは、ハンバーグと目玉焼きと野菜が載った丼物だよ」

「ハンバーグ丼か」

「うん。だから、まずはハンバーグのタネを捏《こ》ねていきます。何と今日は合い挽きではなく、牛肉百パーセント」

そう言って、椎奈は買ってきた牛肉のパックを見せる。しっかり〝三割引き〟のシールが貼られたものだが、その代わり五百グラム以上入った大きなパックだ。

ステーキ肉を買ってもよかったものの、焼いて終わりのものよりも、一緒に作れるハンバーグを選んだ。

「本当ならタマネギも丁寧に炒めて飴色にしたいんだけど、今日は時短のためにこのパウチに入って売られてる飴色タマネギ使っちゃうよ」

ボウルに入れた挽き肉に塩コショウと卵、パン粉を加え、そこに飴色タマネギも加える。それを粘り気が出るまで混ぜていく。

「昔はパン粉じゃなくて食パンでかさ増ししてたよね」

野菜を洗って切り終えた翔流が、ハンバーグを捏ねる椎奈を見て言った。ハンバーグは昔からよく一緒に作っていたから、彼も手順を覚えているのだ。

「そうそう。牛乳に浸した食パンを千切って混ぜて……しかも、牛ミンチなんか買えないからほとんど豚ミンチで、さらにリーズナブルな鶏ミンチのときもあったね」

「鶏ハンバーグには豆腐もかさ増しで使ったね。あれ、美味しいけどハンバーグじゃなかったなー」

「豆腐を入れたハンバーグは水分が多くて、ひっくり返すのに高度な技術が必要だったよね」

今よりも家計に余裕がなく、さらに料理のスキルがなかった頃の二人の暮らしを思い出し、椎奈と翔流は笑った。大変だったが、こうして語り合えばいい思い出だ。何より、食べるものに困ったことがないだけで恵まれているのを二人は知っている。

果歩と竜郎が亡くなってすぐは、田尾夫妻を始め周りの人たちがせっせと食べ物を分けてくれた。それをありがたく受け取ってはいたが、いつまでもそんな生活を続けられないこともわかっていた。

優しくされても、負い目や後ろめたさを強く感じてしまい「ありがとう」よりも「すみません」と言ってしまう。

何かを受け取るたびに「ありがとう」よりも「すみません」という言葉が口を突いて出てくるようになり、その姿を小さな翔流が切ない目で見ているのに気づいたとき、椎奈はがむしゃらに働こうと決意したのだ。周りの人の優しさだけでは、この先ずっとは生きていけないとわかったから。

「テンさん、中火でフライパンを熱して、そこに牛脂を溶かして」

捏ねた挽き肉を成形しながら、椎奈はテンに指示を飛ばす。

「了解。この前のステーキのときのが残ってたよね」

「田尾さん、めっちゃくれたもんね」

この前ステーキ肉を買ったとき、田尾が「これで焼くとうまいから」と牛脂をたくさんオマケにつけてくれたのだ。牛脂をフライパンに引いてから肉を焼くと、うんとグレードアップする気がする。

「いつもこの量の挽き肉なら六個くらいハンバーグ作っちゃうけど、今日はどーんと大きいのを三つ作るよ！」

「わーい！」

手からはみ出るほどの大きなハンバーグを作ると、椎奈はそれを熱したフライパンに並べていく。大きなハンバーグが三つ、ギュウギュウに並んだ光景に、思わずニンマリする。

すぐにジュワジュワジュワ……という熱せられる音と、香ばしい香りが漂ってきた。

「まずは中火で両面に焼き色をつけて、そのあと弱火で中まで火を通すから。片面三分くらいのつもりで様子見てて」

「わかった」

テンにフライパンの面倒を任せて、椎奈は小さめのボウルにケチャップとウスターソース、醤油、砂糖を入れて混ぜる。

「バッチリ肉汁出たね。これを少しもらって……よし！　弱火にして蓋してあと五分面倒見てて」

フライパンからスプーンで肉汁を少しすくうと、それを先ほどのボウルに混ぜた。これでロコモコソースは完成だ。

台所の中には、すっかり美味しそうな匂いが満ちている。肉が焼けるこの匂いが、椎奈は好きだ。家族と料理の完成を待つこの時間も。

「我が家ではね、喧嘩しちゃったときやうまく噛み合わないなってときに、一緒に料理をする習慣があるんだ。食事やそれを作ることは、命をつないでいく大事なことだから。嫌いな人や敵とは、そんな大事なこと一緒にできないでしょ？　というわけで、一緒に食事の支度をしたってことは、家族だろ、仲間だろってことで」

果歩と竜郎が生きていた頃からの、この家の習慣だ。喧嘩をしてもすれ違っても、食事は一緒にとる。余裕があるなら作るのも一緒にやる。そうしてつながりを大事にしてきた。

「今朝はごめんね。手紙、実はちゃんと読めなかったんだ。テンさんの字、達筆すぎて」

出来上がったハンバーグとレタスをご飯の上に載せ、フライパンに今度は卵を三つ割り入れる。フライパンは十分に熱せられているから、あっという間に卵に火が通っていく。

「俺のほうこそ、ごめん。椎奈にぞんざいな扱いされたのが、何か嫌だったんだ」

「そうだよね。気をつける。――さて、完成！」

ハンバーグにソースをかけ、その上に目玉焼きを載せてマヨネーズをかければ、ロコモコ丼は完成だ。それを居間のテーブルに運んで、三人それぞれ手を合わせる。

「いただきます！」

出来上がったロコモコ丼を前にしたら、誰ひとり我慢なんてできなかった。スプーンを持つや否や、すぐさま食べ始める。

牛脂で焼いたハンバーグは肉汁たっぷりジューシーで、肉の旨みをしっかり感じられる。それに目玉焼きの黄身とソースとマヨネーズが絡み、米と合さって最強の組み合わせとなる。

みんな無言だが、その顔を見れば美味しいのはよくわかった。テンは目を輝かせて頬張っている。

「……美味しかった。もう食べ終わっちゃった」

ペロリと平らげて、椎奈は呟いた。今朝は食欲がないと思っていたのに。

日頃より早く食べられるのは、丼物の常だ。しかも、ご飯茶碗で食べるよりも、つい白米も量を食べてしまう。どんなに大きなハンバーグでも、丼物にしたらこうだ。

「ハンバーグ、うまいな……肉、だった」

「でしょ？　ステーキもいいけど、ハンバーグも好きになってくれると主に家計的に嬉しい」

「うん、好きだ。また一緒に作ろう」

一緒に夕飯の支度をして、それを食べてお腹が満たされると、帰ってきてすぐのときにあったぎこちなさやぎくしゃくした感じが、もうすっかりなくなっていた。

無事に仲直りができたことに、椎奈はほっとした。安堵と満腹感で、ふんわり眠気がさしてくる。

「食後の洗い物は僕がやっておくから、しーちゃんは少しゆっくりしたらお風呂に入るんだよ」

「わかったー」

「あと、今日はお酒は我慢だよ。体調悪かったんだからね」

「わかってるって」

食べ終わった食器をシンクに下げて洗い始めた翔流の頼もしい背中に、椎奈はだらしなく返事をする。もう少しちゃんとしなくてはとは思うものの、眠くて仕方がなかった。

だが、テンがそばにいてくれるから、熟睡はせずに済むだろう。もし寝てしまっても、彼は根気強く起こしてくれる。

微睡みに身を委ねようとしていると、近くに置いていたスマホが震えた。見ると、舞子からメッセージが来ていた。

「よかった……継子ちゃんと仲直りできたんだ」

彼女からのメッセージには、子供には正直に謝ったことと、ひらがなの絵本をプレゼントして一緒に字の練習をする約束をしたことが書かれていた。字の練習をして、手紙の交換をするらしい。幸せそうな報告に、ひとまず安心した。

「椎奈は友達のこと心配してたから、よかったね」

椎奈が嬉しそうにしているのを見て、テンもにっこりした。それを見て、今朝のことを思い出す。

「そういえば、あの手紙には何て書いてあったの？」

テンの椎奈への気持ちだと言っていた。朝の反応からすれば、ステーキが食べたいというお願いではなかったのだろう。

彼にも字を教えなくてはなと考えながら返答を待っていると、なぜだかじっと見つめられていた。

ひどく整った顔だ。いつも俳優さんみたいだなと思う。だが、椎奈にとってその顔は、ときめきよりも懐かしさを感じさせる顔だ。

その顔に見つめられて、少しだけドキリとした。

だが、テンの口から出た言葉に力が抜ける。

「椎奈はよだれを垂らして寝る顔が可愛いねって書いてたんだよ」

「……はぁ？」

甘い答えを期待していたわけではない。そういう関係でもないし。

だが、わざわざ手紙にするのがそれかと、一気に脱力した。

「あー、なるほどね。気の抜けた動物の寝顔って可愛いもんね。で、テンさんにとっては人間も犬猫も変わんないから、そういう感じと」

「ち、違うよ……そういうんじゃなくて、ちゃんと人間として可愛いって思ってるし、というより椎奈は可愛いし……」

椎奈は立ち上がって、風呂場へ向かった。一気に眠気が覚めてしまった。背中に向かってテンが何か言い訳じみたことを言っているのが聞こえたが、今は無視だ。

「……この感じ、恋人じゃなくて家族だよねぇ」

ときめく恋にはほど遠いと、しみじみ思う。だがそれは、決して嫌ではなかった。

ここが噂のあれか。

神様がいるっていう祠だね。

地域密着型ってやつなんだろうねえ。というか、金持ちの誰かが昔、ここに建てたんだろうね。

てことは、もとは名のある大きな神社からの分霊だろう？

それなら、ご利益も確かってことになるんじゃないのかね。

まあ、いいや。

あたしはね、とりあえず何でもいいから助けてやりたい子がいてね。その子のために手を合わせに来たってわけ。

本当はちゃんとした神社に行くべきなんだろうけど……

その子は神様がもしいるなら、自分から大事な家族を奪うわけないって、本気で信じてるの。いじけてんだよね。でも、かわいそうだ。

今では元気にやってるけど、ずっと危ういよ。信心しろとは言わないが、やっぱり自分の中に信じる何かの芯が一本あるかどうかが大事なんだと思うね。

とにかくまあ、そのいじけたかわいそうな子をさ、どうにかしてやりたいわけよ。

どうにかって、どうすりゃいいのかわかんないんだけど。

何だろうねぇ。あの子には、大事なもんができたらいいんだろうね。

今は甥っ子の世話してるからいいんだけど、その子だっていずれ手が離れるわけだから。

一生手のかかるペットでも飼えばいいのかもしれないと思うから、あの子のもとに何かいい感じの生き物を頼むよ。

あの子は自分の懐にあるもんは必死に守ろうとするさ。責任感がある子だから。

というわけで、ひとつ頼みますよ神様。

あんたが何であろうとかまやしないから、この供えたカップ酒の分だけは働いてくださいよ。

第三章

1

七月の終わりから八月の終わりにかけての一ヶ月半ほどは、いつもより来院が多く、慌ただしく過ぎていった。

他の歯科医院はどうかわからないが、住宅地にあるからか、高橋デンタルクリニックは子供の夏休みと重なる時期は比較的繁忙期だ。おそらく、長い休みを利用して歯の治療をしてしまおうという子も多いのだろう。

今年も例に漏れず、忙しかった。おまけに暑かったのもあり、何だか余計に疲れた気がした。

テレビをつけてニュースを見れば、〝記録的猛暑〟だとか〝連日厳しい暑さが続く〟だとか、聞くだけでもうんざりするようなワードが聞こえてきていた。

その暑さ自体は九月に入っても緩む気配はないが、業務は通常通りに戻っていった。

テンがいろいろ工夫して食事を作ってくれるから、あれ以来椎奈は体調を崩すことなくやれている。肝臓を労《いたわ》るために、酒を控える日を多く取っているのもあるかもしれないが。

「いやぁ、今日も疲れたねぇ」

十八時過ぎ、ドアに〝本日の診療は終了しました〟の札をかけてから戻ると、疲れた様子の院長に声をかけられた。

「そうそう。十六時以降、バタバタッと患者さん来ましたもんね」

「みんな、日中は動きたくないから少しでも涼しくなってからって思うんだろうね。暑いとか疲れるとかじゃなく、何というかここ数年の夏は、命を削られる気がするよ」

そう言ってから、院長は目を眇《すが》めるような表情をする。いつもの茶目っ気かと思ったが、よく見ると本当に気分が悪そうだ。

「院長、大丈夫ですか？」

「うん、大丈夫大丈夫。僕ももうおじいちゃんだからね、こう暑いとこたえるのさ」

安心させるように微笑んだが、その顔は弱々しい。ブラインドで調節していても鋭く差してくる西日がいけないのかと思い、椎奈は急いでポールを回してスラットを閉じた。

「ああ、ありがとう。僕はゆっくり帰るから、気にしなくていいよ」

「はい。では、お疲れ様でした」

本当はまだ心配なのだが、これ以上は逆に気を遣わせてしまうだろうと思い、笑顔で更衣室へと向かった。診察室以外の場所はエアコンの効きが悪く、煮えている。それでも、真夏よりはマシになった気がする。

着替えてからクリニックの入っている雑居ビルを出ると、外はまだ明るかった。秋が深まっていけば、夕暮れの中を帰宅するのだが、夏のこの時間は昼間の延長線だ。

一歩踏み出せば、その瞬間に汗がじわりと滲《にじ》む。制服から着替えるときに汗拭きシートで拭いたのに、すぐに汗だくになってしまうだろう。

「先生、夏バテかな……心配だ」

院長の弱り方を思い出して、椎奈は少し不安になった。生育環境が独特で、身近に高齢者がいなかったから、余計に心配になる。野中に話を振ってみたことがあるが、「お年寄りなんてあんなもんよ」と言われてしまった。〝あんなもん〟のサンプルがいないから、椎奈にはその判断ができないのだ。

院長は出会ったときからおじいちゃんではあった。そう考えると、見た目は変わらない。それでもきっと、弱ってはいるのだろう。時々それが、どうしようもなく怖くなる。

今日の昼休みだって、暑くて食欲がないと言ってかき氷を食べていた。カップ入りの宇治金時をペロリと食べていたから、まだ大丈夫なのかもしれないが。

「……うちにもアイス、買って帰るか」

思い出したら何だか食べたくなってしまい、椎奈はコンビニに寄ることにした。

コンビニのアイスコーナーには、夏らしくシャーベット系のアイスが多く並んでいた。これが濃いめの味のアイスクリームやアイスミルクが増えてくると、気温が下がってきている兆しだ。夏と冬とではラインナップがまったく異なっているから、季節ごとの楽しみ方ができる。

「テンさん、何味が好きなんだろ」

そういえば、テンについては牛肉に目がないことしか知らないなと気づいた。

翔流はイチゴやマンゴーなどのフルーツ系が好きなのはわかっている。椎奈はコーヒー味があればそれがいいが、なければわりと何でも食べる。それなら翔流用のイチゴ味と、コーヒー味とソーダ味のアイスを買えばいいと考えた。

「あー、失敗した！　スーパーで買えばドライアイスもらえたのに！」

コンビニを出て気がついて、椎奈は走り出した。溶ける前に家に帰り着きたい。五分くらいの距離だって、あっという間に溶けてしまうくらいの暑さだ。

それでも、無事にお土産を家に持ち帰りたくて、じっとり汗をにじませて家までの道のりを走った。

「ただいま。これ、すぐに冷凍庫に入れてね」

「おかえり、椎奈。お、氷菓子だね」

「そうそう。洒落たかき氷みたいなやつだよ」

「フロートってやつだね」

玄関に出迎えに来たテンにコンビニの袋を渡すと、中を覗いてすぐ理解した。

神様だという彼は、妙に人間くさいところがある。翔流からスマホを借りて使いこなして今どきのメニューを作ってくれるし、こうしてフロートのこともわかった。そのくせ、書く字は達筆なくずし字で現代を生きる椎奈からすれば、古文書みたいなものだ。

ここに来るまでの彼のことを知らないから、その絶妙にチグハグな感じがどうにも気になってしまう。

「フロートなんて言い方、知ってるんだね」

「翔流が買ってきてくれて、食べたことがあって。今日も食べた」

「えー!?」

別に自分がいない間に何をしようと構わないが、アイスを勝手に食べているのは知らなかっただけに驚きだった。

それに、知っていたら買ってこなかった。なぜなら、アイスは一日に一個と決めているからだ。これは家計の問題ではなく、健康の問題だ。

「だってしーちゃん、最近暑いんだもん。外で働いてるしーちゃんには悪いけど、食べたくなっちゃって」

「それは別にいいけど、でも食べすぎはだめだよ。それと、テンさんのぶんも翔流のお小遣いから出すことないのに」

椎奈が財布からテンのアイス資金としてお金を出そうとすると、翔流に固辞されてしまった。

「いいの、これは。僕からのお供え物なんだから」

「お供え物……お願い事でもしてるの？」

「そうだよ。テンちゃんは神様なんだから、信仰心をパワーにしなきゃいけないんだよ。だから、本当なら毎日お供え物をして、手を合わせて、パワーをチャージしてあげないと」

たしなめるように言われて、そういえば……と椎奈は思い出した。頭では神様なのだとわかっていても、一緒に暮らすと人間くさくてつい忘れてしまうのだ。

「そっか。じゃあ、少ないけどこれお賽銭です。アイスとか、好きなもの買って食べてね」

「え……」

翔流に渡そうとした二千円をテンに握らせると、ひどく戸惑った顔をされた。

「しーちゃん、それはナンセンスだよ！　お金はお供え物じゃないからね」

「そうなの？　それなら、さっきのアイスをお供え物ってことにしちゃおう」

椎奈が言うのを聞いて、テンはほっとしたように笑った。現物支給は人間にはあまり喜ばれないものだが、神様は違うらしい。

「それで椎奈は、何を願うの？」

手洗いうがいを済ませて居間へ行くと、夕飯の支度が整えられたテーブルの前に着席して、テンがそわそわした様子で待っていた。

お腹が空いた様子の翔流も着席している。今夜のメニューは、焼き茄子《なす》と納豆を載せた素麺《そうめん》だ。テンがネットでレシピを見つけたという、夏にぴったりの一品だ。夏野菜を焼いたものに大根おろしとポン酢をかける品と並んで、今年の夏はリピートしてよく食べている。

「美味しそう……とりあえず『いただきます』しよう。……お願い事ねえ」

椎奈の願いは翔流が健やかに大きくなることで、それは叶えられている。そして、翔流の生活の維持のために自分の存在は欠かせない自負はあるから、元気でいることとお金を稼げることも願いだ。これも今のところは、まずまず問題ない。

「私は幸せだからなぁ。神様に願うことなんて特にないんだけど……あ！」

言いながら、椎奈は今日の院長のことを思い出した。ただのお年の問題と夏バテかもしれないが、早く元気にはなってほしい。

「高橋デンタルクリニックの院長先生、最近元気がないんだ。今日も気分が悪そうで……だから、先生が元気になりますようにってお願いする」

椎奈はそう言って、テンに手を合わせる。「お安い御用だよ」なんていう返事が返ってくるかと思ったが、彼は少し考え込む様子を見せた。

「椎奈のお願いなら何でも聞いてあげたいのは山々なんだけど、命に関わる願いは、叶えられないんだ。これは俺の力不足というより、すべての神に言えることだけど」

「え……そうだよね。それはわかってるつもり。別に先生の寿命をあと百年延ばしてほしいとか、そういうことを言ってるんじゃなくて、ただ元気になってほしいなって」

言いながら、もしかしてテンを困らせてしまっているのではないかと、椎奈は心配になった。

神様だから、願いを叶えてくれるから、家に置いているわけではない。むしろそんなこと、日頃は考えていないくらいだ。

「元気になりますように、だね。――わかった」

椎奈の願い事を噛みしめるように受け止めてから、テンは目を瞑《つぶ》った。力を使っているのかもしれないが、その効果のほどはわからない。それでも、何となく椎奈も一緒に目を閉じて祈った。神様の前ではそうするのが自然だと思ったから。

「俺はさ、大きな神社に祀られているような立派な神じゃなくて、どこかの家が代々大事にしてきて、それがこの地域に運良く残ったっていう、ちっぽけな神なんだ。祠だって小さいし。だから、できることは本当に限られているんだ」

しばらくして、テンは何だか恥ずかしそうにそう打ち明けた。それは友達が自分の家の事情を告白してきたような、そんな感じがした。

椎奈も自分が少々訳ありの生い立ちをしているから、出自を話すことに抵抗がある。というより、ほとんど誰にも話したことはない。

だから、テンの言いづらそうなその雰囲気を理解できてしまった。

「いいよ、そんなこと気にしなくて。そもそも私は元々神様に祈るタイプの人間じゃないからさ。てか、昔から翔流と知り合いってことは、この町に祠があるのか」

祠――つまりテンの棲家《すみか》がどこにあるかなど、これまで考えたことはなかった。だが、翔流と知り合いということは、彼の行動範囲内にそれはあるのだろう。

「普通にあるよ。まあ、中学生のほうが大人のしーちゃんより地味にいろんなところ行ってるってだけで、有名でこの町に住む誰もが知ってるってわけじゃないけどね。あと、テンちゃんはこの姿でしょっちゅううろついてたわけじゃないし」

「まあ、そうだよね。私は知らないし、聞いたことなかったもんなぁ」

そもそも信心深くないから、寺や神社についても知らない。まだ果歩たちが元気だったときは、初詣に神社に行くくらいはしていたが。誰の所有かもわからない、何の神様が祀られているかも不明の祠の話は、耳に入る機会はない。

「俺は、椎奈に会ったこと、あるけどね。うんと昔だけど……」

椎奈がお願い事のことも祠のことも忘れて、夕飯に意識が向いてしまってから、テンがポツリと言った。だが、その声は弱々しく、しっかりと椎奈の耳には届かなかった。

「え、そうなのー？　あ、今日の茄子、すっごく美味しい！」

椎奈の興味は、もうすでに夕飯のこと一色になっている。

テンはしばらく口をもごもごして何かを言いたそうにしていたが、結局何も言わずに食事を始めてしまった。

そんなふうに、心配事も気になることも、すぐに疲労に押し流されていく。そうして当たり前の代わり映えしない日々が、これからずっと続いていくのだと思っていた。

だが、翌朝。

間もなく出勤というタイミングでかかってきた電話によって、椎奈の日常は崩れた。

「え!?　倒れたって……先生、大丈夫なんですか？」

『大丈夫じゃないだろうよ。だから救急車で病院に運ばれたんだから』

「そんな……」

朝食を済ませたあと、汗で崩れにくいように丁寧にメイクをしていると、スマホに着信があった。画面を見ると、「野中さん」と表示されている。

同僚である彼女からの電話なんてこれまで一度もなく、一体どんな内容かと首を傾げながら出ると、院長が出勤前に玄関で倒れたと伝えられたのだ。

『救急車で病院に着いてすぐ奥様が機転を利かせてあたしに電話をくれたから、あんたにも連絡したんだけどさ』

「すみません、ありがとうございます……」

動揺してうまく息を吸えなくなりながら、椎奈はどうにかお礼を言った。野中だってきっとびっくりしているだろうに、それをあまり声に出さない。

『というわけでさ、今日は仕事になんかなんないと思うけど、予約が入ってたかの確認もあるし、どうせあんた家にいたってオロオロしてるだけだろうから、ちゃんと出勤しておいで』

「え、あ……はい」

見透かすように言われ、椎奈は背筋が伸びた。椎奈より遥《はる》かに長く生きている野中には、何もかもお見通しのようだ。

『ゆっくりでいいから。あんたまで事故に遭ったりしたら、今度こそあたしは気が動転しちゃうからね』

声色はいつもと同じで、優しくはない。だが、そこにこもる思いは伝わってきて、それを感じて椎奈は少し落ち着いた。

「わかりました。気をつけて家を出ます」

電話を切ると、どっと疲れが出た。しかし、野中を心配させないためにも、ちゃんとクリニックまでたどり着かなければならない。

「椎奈、どうしたの？　顔色がすごく悪いな」

とりあえず落ち着こうと台所まで行くと、テンがすぐに気がついた。そんなに顔に出ていたのだとしたら、翔流が登校したあとでよかったと思う。あの子も院長とは面識があったから、すごく気にするに違いない。

「今、職場の人から電話があって、私が働いてるクリニックの院長先生が倒れたんだって……それで、びっくりしちゃって」

冷蔵庫から麦茶を取り出して、グラスに注いだ一杯を一気に飲み干す。そうすると、少しだけ気持ちが落ち着いた気がした。

「それって、昨日言ってた……」

「うん。夏バテで弱ってるのかと思ったら、どうも違ったみたいで……救急車で、病院に運ばれちゃったんだって」

「じゃあ、今日はクリニック、開けられないな」

テンはきっと、労る言葉を探しているのだろう。だが、それができない。その理由を考えると、気持ちはまた暗くなった。

神様だから命の行く末を知っているのか、もしくは気休めの言葉を口にできないからか。どちらにしてもきっと、安易に「大丈夫だよ」なんてことは言えないに違いない。

そんな神様に気を遣わせてはかわいそうだと、椎奈は無理やり笑顔を作った。

「とりあえず、業務はできないけど、治療予約をしてた人には連絡しなきゃいけないし、いろいろやることはあるから、ひとまず出勤はしてくるよ」

「そっか……気をつけるんだよ」

「うん。もしかしたら、先生が運ばれた病院に顔出せるかもしれないから、帰りが遅くなるときは翔流のスマホに連絡しとくね」

「わかった」

テンに見送られ、椎奈は家を出た。いつもより出るのが遅くなってしまったが、走らずゆっくり行く。

歩きながら、クリニックに着いてからの業務について考えた。そうしなければ、思考が悪いほうへと向かっていってしまいそうだったから。

（まず階段の下とドアに〝臨時休業〟の紙を貼って、それから予約が入ってる患者さんたちにお断りの連絡を入れて、他には……）

しなければいけないことはたくさんあるはずなのに、いざ考えると思いつかなかった。思いつかないうちに、職場の前までたどり着いてしまった。

「あ……」

階段を上ろうとしたとき目に入る場所には、すでに〝しばらく臨時休業いたします〟という貼り紙があった。階段を上っていくと、クリニックのガラス戸にも同じものが。

先に来た野中が貼ってくれたのだろう。

「おはようございます、野中さん」

受付に入って受話器を片手に電話をしている野中に声をかけると、彼女は片手を上げてそれに応じた。電話をかけているということは、おそらく今日予約が入っていた患者さんに臨時休業を知らせてくれているのだろう。

椎奈がここに来るまでにどうにか思いついたことは、彼女がすべてやってくれている。

「ああ、来たね。これで少し安心した」

電話を終えた野中は、本当にほっとしたように言った。椎奈のことを心配していたようだ。

「しなきゃいけないことを考えながら来たんですけど、もうあらかた全部終わってる感じですか？」

「馬鹿を言いなさんな。まだ予約の患者さんに連絡を取り終えちゃいないし、何よりもう家を出てる人もいるだろうね。だから、待ち構えて頭下げて帰ってもらうのがあんたの役目よ」

「わかりました」

呆れたように椎奈に指示をすると、野中は再び電話に戻った。おそらく、明日以降の分の予約も確認して電話をしているのだろう。

他にできることもなさそうだと、椎奈は患者さんが来るのを待っていた。日頃は気にならない壁掛け時計の秒針の音が、今日はやけに大きく聞こえてくる。

「奥様の話だと、おそらく先生は軽めの心筋梗塞だって。軽めといっても手術するだろうし、そうなれば短くても三、四日は入院になると思うよ」

「心筋梗塞……大変なことになってるんですね」

「あたしは医者じゃないからよくわからないけど、合併症を発症してなけりゃ、そこまで深刻に考えなくてもいいらしい。合併症に気づかず、早期発見できなかった場合は、死んでしまうこともあるみたいだけどさ」

「そうなんですか……」

聞いたことがある病名に、一気に現実感が増した。訳もなく胸の前でギュッと、手を合わせたくなる。祈る神などいないのに。

「小林さん、あんたそろそろ、しっかりしなさいよ。あんたはまるで転び方を知らない自転車みたいなんだよ。今は何とか走れてるけど、それはかろうじて転んでないだけ」

「転んでない……自転車……」

落ち着かない様子だったからか、そんなことを言われてしまった。

野中の鋭い言葉に、椎奈の脳裏には翔流の自転車の練習をしたときのことが蘇《よみがえ》った。

確かに、補助輪を外したあとの乗り慣れない自転車は、走れているというより、転んでいないだけだ。

自分がそんな状態の自転車にたとえられたことに、少なからずショックを受けた。野中が決して意地悪で言っているわけではないのも、胸を抉《えぐ》ってくる。

「周りから見てりゃ、それはもうハラハラさせられる。……だから先生もほっとけなかったんだろうけど」

不安そうにする椎奈に、呆れたように野中は言った。その言葉に、椎奈はハッとなった。

「いい機会だから言っておくけどね、先生はあんたのためにあの年齢になってもこのクリニックを続けてきたようなもんなんだよ。せめてあんたにいい人ができて、結婚するまでは続けてあげようねって」

初めて聞かされる事実に、頭をガンと殴られたような心地がした。

「それってつまり、二十五歳くらいまでには結婚で辞めるだろうと思われてたってことですか……？」

「まあ、そういうこと。それか立派になって、別のクリニックに転職するとかね。うちは別に、特に給料がよかったわけじゃないから。悪くもないけど、あくまで平均値ってところでしょ。だから若くて野心があれば、都市部のもっと給料がいいところに行くだろうって」

院長が倒れてしまったことだけでもショックなのに、自分がこれまで彼に迷惑をかけていたかもしれないと思うと、体の力が抜けるような心地がした。

迷惑をかけていないなんてことは、当然少しも思っていない。歯科衛生士の資格を取ったのは自力とはいえ、その後の就職先を約束通り用意してくれたのは院長だから。だが、それでも雇うのは数年のつもりだったと聞かされると、申し訳なくてたまらない。もし予定通りクリニックを廃業していたら、院長はこんなふうに倒れることなどなかったのだろうか。

そう考えてしまうと、ギュッとなった胸がさらに苦しくなった。

「別に、あんたの存在が迷惑だったとかじゃないよ。あんたはちゃんと学校に行って、国家資格を取って働いてたんだからさ。そうじゃなくて……」

野中が何かを言いかけたところで、人が来てしまった。予約の患者さんだ。

椎奈は急いでドアを開けて、事情を話して頭を下げる。といっても、院長が倒れたことも入院になることも言えない。あくまで今日は治療を行うことができない旨を伝えるだけだ。

このクリニックの進退については、院長に尋ねるまではわからない。だから患者さんたちには何も言えないが、「詳しいことがわかり次第、ご連絡します」と頭を下げるとき、うまく笑顔を作れなかった。

無事を祈っているし、きっと大丈夫だとは思う。

だが、それとクリニックの進退は別の問題だからだ。

その日は結局、夕方まで野中と患者さんを待ち、事情を説明してお帰りいただくというのが業務になった。

帰宅して、夜になって野中から手術が成功したとの連絡を受けてホッとはしたものの、椎奈の気持ちは沈んだままだった。

翔流にもテンにも心配されてしまったが、二人には言えなかった。もしかしたらもうすぐ職を失うかもしれないなんて、もりもり夕飯を食べている二人を見たら、言えるわけがない。

椎奈はただひとり、宣告を待っていた。

その宣告は、院長が倒れて二日後になされた。

さすがに何日もクリニックに詰めていなくてもいいだろうと、二日後には自宅待機となっていた。

いつも働いている時間に家にいるのに慣れない椎奈は、ポケットにスマホを入れて、家の中を無意味に歩き回りながら、拭き掃除をしたり窓のサッシのゴミを取ってみたりと、落ち着かず過ごしていた。

そんなときに、着信があったのだ。

画面には公衆電話と表示されており、それを見たときに何となく覚悟ができてしまった。

『あ、もしもし。小林さん？　僕だけど。高橋です』

「先生！　もう出歩かれて大丈夫なんですか？　手術は無事に終わったと聞いていたのですが」

『うん。もうすっかり元気、とはいかないけどね、病院の公衆電話からかけるくらいは許されてるよ』

「そうですか……ひとまず安心しました」

電話の声は、いつもの院長のものだ。だが、日頃よりかすれて聞こえるその声に、疲れや老いというものをはっきりと感じた。

『退院はまだ先なんだけど、今後のことを含めて、椎奈ちゃんには話しておかなければならないことがあって電話をしたんだ。今回のこともあったし、もうクリニックを閉めようかと思ってね』

「……そうですか」

わかっていたことだが、院長の口からはっきり聞くと胸に来るものがあった。それでも、あらかじめ野中が耳に入れてくれていたから、落ち着いて聞くことができている。

『僕がこの道に引き込んだのに放り出すみたいになってしまって本当に申し訳ないんだけど、椎奈ちゃんには、また職探しをしてもらわなくちゃいけなくなっちゃったな。ごめんね』

「いえ、そんなことは……先生の助言があったからこそ、国家資格を取ることができましたし、何より今まで先生のもとで働かせていただけて、感謝しかないです」

これからの職探しのことよりも、もう院長のもとで働けないことを考えて、寂しくて涙が出そうになった。

十歳のときに虫歯の治療のために高橋クリニックを訪れたときからの付き合いで、祖父母のいない椎奈にとっては、もっとも身近なおじいちゃんのような存在だ。

寂しさを自覚すると鼻の奥がツンと痛くなったが、腿《もも》をつねって泣くのをこらえる。手術が終わったばかりの人を心配させてはいけない。こんなにも気にかけて優しくしてくれる人を気遣わせてはいけない。だから、平気なふりをする。

「資格を持っているおかげで、転職にも不自由しなそうです。本当に、あのとき先生のアドバイスを聞いていてよかったです」

この日のために、椎奈は求人情報を調べていた。歯科衛生士の資格持ちだと、驚くほどたくさんの求人があった。

そのことを伝えれば院長は安心してくれるかと思ったが、電話口で溜め息をつくのが聞こえた。

『そのことなんだけどね……僕は、他にもたくさんあったかもしれない君の道を狭めてしまったのではないかと、今になって後悔しているんだ。生きていくのに適切な選択を示したつもりだったが、それは果たして本当に椎奈ちゃんのためだったのかなと』

さっきのは後悔の溜め息だったのかと、椎奈は理解した。理解はしたが、院長の後悔を受け入れることはできない。

「そんなことは、全然ないですよ！　私、歯科衛生士の資格を取ったおかげで甥を育てられましたし、何より今後も職の心配はしなくてもよさそうなので」

『それでもね……今後のことは僕の言葉は忘れて、自分の心の声にもっと耳を傾けて決めてほしいと思うんだよ。じじい孝行だと思ってさ』

「……わかりました」

途中から〝小林さん〟ではなく、〝椎奈ちゃん〟と呼びかけられたあたりで胸が苦しくなっていたが、〝じじい孝行〟などと言われるともうだめだった。

椎奈は院長のことを勝手におじいちゃんのようだと感じていたが、彼に同じ気持ちを抱いてもらっていたのだとわかったら、こらえていた涙があふれ出してしまった。

「先生を安心させられるように、私、頑張ります。なので……また今後のことが決まったら、連絡してもいいですか……？」

『ああ、もちろん。今後のことだけでなくこれからも、いつでも連絡してほしいな。僕もまだまだ元気でやっていくつもりだから』

励ますように言われて、最後には泣きやんで、どうにか電話を終わらせることができた。

だが、電話を切ると様々な感情がないまぜになって、再び堰《せき》を切ったように涙が出始めた。

「し、椎奈、どうしたの⁉」

「うえーん」と子供のように泣き出した椎奈の声を聞きつけて、居間にいたテンが走ってきた。

「うぅ……テンさん……」

「うん、テンだよ。どうした？　何か悲しいことがあった？」

泣いてしまってうまくしゃべれない椎奈の背を、テンが優しく撫でた。ゆっくりと撫で下ろされるその動きによって、椎奈の呼吸は少しずつ落ち着く。

　こんなふうに背中を撫でられるのは、いつぶりだろうか。果歩たちを亡くしてからというもの、庇護されるより庇護する側だという自覚を持ってからは、誰にもこうして慰められたことはない気がする。

　呼吸は落ち着いたものの、思考のほうはそうはいかない。何から話そうかと考えても、すぐに言葉がまとまらなかった。

　院長から電話があったこと、クリニックが廃業となること、それに伴って無職になること、自分の道を探してほしいと言われて寂しくて泣いていること、などなど。涙の理由は多岐にわたっている。

　それをどうやって話せばこの感情を理解してもらえるだろうかと考えると、出てきたのは何ともまぬけな言葉だった。

「……む、無職になっちゃったー!!」

　言った瞬間、椎奈の目からはまた涙がほとばしる。

　クリニックを閉めることへの寂しさも当然あったが、考えるうちに職を失う不安が上回ってしまったのだ。

「え、それで泣いてるのか？　そうか……大丈夫。世の中には、仕事はたくさんあると聞く。な？　だからそんなに泣くのはおよし」

「うぅ……無職……」

涙の理由を聞いてテンが戸惑っているのはわかったが、訂正する元気もなかった。優しく慰めてくれるから、それに甘えていたかったのもある。

(情けない……でも、今だけ。翔流の前では泣けないもん)

こんなふうに泣いていてはいけないとわかってはいたが、そのときだけは椎奈は思いきり泣いた。

テンがいるから、涙を受け止めてくれる存在がいるから、これまでずっと溜め込んでいたものを洗い流すように泣いたのだった。

2

その翌日。

たっぷり泣いて落ち着いた椎奈は、朝から前向きに活動して、夕飯の時間になってようやく翔流に話をすることにした。

昨日の段階では、翔流に何も報告できることはなく、いたずらに不安にさせてはいけないだろうということで伏せていたのだ。

そして今日一日で気持ちを整理することと、状況を好転させられる目処が立ったため、事の顚末について話すことにしたのだった。

「というわけで、先生はご無事なんだけど年齢のこともあって、クリニックは閉めるということになったんだ。で、私は無職になりました。まあ、ここ数日ずっと無職だったわけなんだけど」

「えー、大変。しーちゃん、これからどうするの？」

椎奈が努めて明るく言ったからか、翔流は重く受け止めなかったようだ。まるで明日の予定でも聞くような軽さで「どうするの？」などと聞いてくる。

「大丈夫。実は今日ハローワークにも行ってきたし、自分でも求人情報を探してみたんだけど、歯科衛生士の仕事って、すごくたくさんあるんだよ！　立地とか雇用形態とか吟味しなくちゃいけない条件はいろいろあるけど、職探し自体にはまったく困らなそうだから」

椎奈は自分でプリントアウトした求人情報の紙を、「ジャーン」と言って食卓に広げて見せた。

そうすれば、翔流は安心するだろうと思ったのだ。

しかし、愛らしい甥の眉間には、深々とした皺が刻まれる。

「僕はさ、そういうことを聞いてるわけじゃないんだよね。というか、ここは『ちょっと休ませてね』とか『少しゆっくり考えさせてね』って答えがほしかったんだけど」

信じられないという顔をして、翔流は椎奈を見てくる。その隣でテンも何度も頷いているから、椎奈の味方はいないようだ。

「え……でもさ、職を失った人間がまずするべきことって、ハローワークに失業保険の申請に行くことと職探しじゃない？」

なぜ間違っているような扱いをされるのかと、椎奈は不満だった。だが、珍しく翔流が難しい顔をしているため、強くは出られない。

「失業保険の申請はいいよ。僕はよくわかんないけど、そういう必要な手続きはしないとだよね。でも、職探しはさ、もう少し時間をかけてもいいんじゃないの？　何で少し休むっていう大事なことを挟まないの？」

「そ、それは……」

翔流に言われて、野中にこの前言われたことが頭をよぎった。彼女は椎奈のことを〝転び方を知らない自転車みたい〟と言っていた。見ていてハラハラする、とも。

翔流にも同じことを思われていたのだろうかと、少しショックを受けた。しかし、安定した走りを見せられていないというのも、言われてみれば自覚はあった。

これまで、走り続ければ転ばないと思っていたのだから。

それに、院長にも今後の身の振り方はよく考えてほしいと言われていたのだ。

そう考えると、椎奈は誰の言うことも聞こうとしていなかったことになる。その自覚はなかったが。

「えっと、でも……お金はいるでしょ。私は翔流の保護者で、この家の大黒柱で……働かないと……」

求められている答えはこれではないのだろうなと思いつつも、他に口にできる言葉を持たなかった。

だが、自分が〝転び方を知らない自転車〟から〝転んでしまった自転車〟に変わったのだと気づくと、何も言えなくなってしまった。

「たぶん今、しーちゃんは無職になった自分を責めてるんだと思うんだけど、僕たちはちょっとよかったなって思ってるよ。なぜかっていうと、こんなことでもなければ、しーちゃんは休んでくれなかったから」

「翔流……」

翔流の顔には心配とほっとしたのと両方の表情が浮かんでいて、それを見て椎奈は大きくなったなと実感する。なぜならその表情には、果歩と竜郎の面影を感じさせられたから。

それにじーんとしつつも、中学生の甥に心配されている事実がなかなかにつらい。

「ごめんね……情けないな」

「情けなくなんかないってば！　むしろ、これまでよく倒れずにいたなって思うよ。クリニックでの仕事だけじゃなくて、休みの日には知り合いのお店に呼ばれたらバイトしに行っちゃうでしょ？　しーちゃん、いつ休んでるのって感じじゃん。運良くこれまで体を壊さずやってこられただけで、その予兆はあったと思うよ。だから、ここらで一回リフレッシュ&リセットしないと！」

翔流が勢いよく言って、パンッと軽くテーブルを叩いた。すると、隣でずっと黙って聞いていたテンが椎奈を見つめた。

「椎奈、旅行に行かない？」

「え？　旅行？」

自分の人生の中にこれまで出てこなかった単語が出てきて、椎奈は混乱した。

椎奈の中で旅行といえば、修学旅行しか知らない。つまり、小・中・高の三回しか経験がないということだ。

旅行は交通費がかかるし、宿泊費も、旅先での食費もかかる。そんな贅沢をする余裕は、これまでなかったのだ。

「ちょっと待って……このタイミングで？　私、失業したって言ったよね？」

お金のことが頭をよぎると、途端に椎奈はモヤモヤしてしまった。

リフレッシュのために旅行を提案してくれたのだとしても、今このタイミングは最悪だと言うしかない。

「お金のことなら、心配しなくていいんだ。実は、商店街の福引で旅行券を手に入れたから」

テンは慌てて隠し持っていたものを見せてきた。

お札くらいの大きさの質の良さそうな紙に箔押《はくお》しで『一万円』と印刷されたものが十枚ほど、彼の手には握られている。

「え……旅行券が十万円分？　嘘でしょ!?　こんなに、福引でくれるもの？」

たまに商店街が福引をやっているのは知っているが、こんなに大盤振る舞いするものなのだろうかと、椎奈は訝しんだ。

すると、テンと翔流は顔を見合わせてニッコリする。

「実はこの半分は、これまで僕が懸賞に応募して手に入れたものなんだ。テンちゃんにお供えをして、お願い事として叶えてもらったんだけど」

「ん？　つまりそれはズルってこと？」

得意げに言われて、椎奈は混乱する。懸賞に応募したのまではわかるが、テンにお願いして叶えてもらったというのは、いけないことなのではないかと気になったのだ。

「ズルじゃないよ。あくまで俺ができるのは、運の引き寄せだから。翔流に懸賞に当たる運がわずかでもなかったら、これはできなかったことだよ」

困惑しきりの椎奈にテンが訂正したが、今度は別の単語が気になってしまった。

「運!?　そんな大事なもの、ちゃんと取っておかなきゃだめでしょ！　受験生なんだよ？」

「しーちゃん、失礼だな！　僕は運に頼らず合格できるってば！」

「そ、そうだよね……ごめん」

つい言ってしまったが、翔流の実力を軽んじるような言葉だったなと反省する。だが、実力以外のところで運を味方につけておいてほしいなと思ってしまうのも、親心なのだ。

「てか、お金の問題はクリアしたんだから、旅行に行ってくれるよね？」

「え……うん」

心配事をひとつずつ潰されてしまったら、頷くことしかできなかった。

翔流とテンが自分のためにここまでしてくれたことを、突っぱねるのも悪いと思うし。

「これまで旅行とか考えたことなかったから、行きたいところも、興味があるところもないんだけど……どうしよう」

せっかくの厚意なのに、何も思いつかず頭を抱えた。旅行に興味がなかったがために、国内の地名すらパッと言えないのが恥ずかしい。

「大丈夫。これからのプランは僕たちで決めておくから。出発日もね！　テンちゃんと二人で楽しんできて！」

「え、二人？」

「だって僕、受験生だし。留守番に決まってるでしょ？」

当たり前に翔流も一緒に行くものだと思っていたから、椎奈は驚いてしまった。置いていくなんて、選択肢としてありえない。それなのに、彼自身はケロッとしている。

「僕がそのへん、考えてないとでも思った？　もう大ちゃんと大ちゃん家に了承済みだよ。泊まりにおいでって言ってもらえてる」

「え!?　田尾さんのところに？　ちょっと……私からのご挨拶もなしに、そんな」

「『しーちゃんに旅行をプレゼントしたいんだけど、僕がひとりで留守番するのを絶対に良しとしないので、そのとき泊まりに来てもいいですか？』って聞いたら、ぜひおいでって。もっと早くにそういうこと頼んでくれたらよかったのに、とも言ってたよ」

何から何まで根回しされていて、もう何も言えなかった。いつの間にか、翔流はとんでもなくしっかり者になってしまっていたらしい。

「そっか……田尾さんのところなら安心だ。大吾くんもいるし」

「うん！　僕、友達の家にお泊りしてみたかったからめちゃくちゃ嬉しいんだ。大ちゃんがうちに来たことはあったのに、僕が大ちゃんのところに行ったことなかったのも、気にしてたみたいで」

「大吾くん、そういうこと気にするんだね」

「大ちゃん、ああ見えて繊細だから。それと、今回は大ちゃんの勉強会も兼ねてるんだ。部活を引退して、いよいよ受験勉強スタートだもん。僕は大ちゃんのお母さんから家庭教師も頼まれてるんだよ」

ただのお泊りではないことがわかり、少し安心した。ただ翔流を預かってもらうのなら申し訳ないが、彼が田尾家に貢献できることがあるのだというなら、少し申し訳なさが軽くなる。

そんな交渉までできてしまうなんて、自分の甥っ子ながら末恐ろしくなる。

「うわぁ……うちの甥っ子が優秀すぎる。私、こんなにポンコツなのに」

「ポンコツじゃないよ。僕がしっかり者なんだとしたら、それはしーちゃんの背中を見て育ったからだよ。というわけで、しっかり者の甥っ子に新幹線や宿の予約は任せて、しーちゃんは明日にでも旅行に必要なものを買ってきなよ」

そう言ったきり、翔流は手元のスマホをいじり始めてしまった。いろんなことを調べてくれているようだ。

もうこうなると、どうにもならないのだろう。

旅行に行くことが決定しているのだ。しかも、テンと二人で。

「楽しみだね、椎奈。きっと気に入る場所だと思うよ」

「……うん」

眩しい笑顔を浮かべるテンに言われ、椎奈は頷くことしかできなかった。

それに、いざ旅行に行けるとなると、楽しみな気持ちが膨らんでいったのだった。


椎奈が旅立つことになったのは、それから数日後のこと。

朝早くの新幹線に乗るために、まずは最寄り駅を出立する。

そこには、翔流と田尾家の大吾が見送りに来てくれていた。

「じゃあ大吾くん、三日間、うちの翔流をよろしくお願いします」

「いや、全然。むしろ俺が翔流をお借りする感じなんで」

椎奈が大吾に頭を下げれば、彼はそれにはにかみで応じた。体が大きいのに所作はまだ可愛らしく、椎奈はつい笑顔になる。

「大吾くんのお父さんとお母さんにもよろしくお伝えください。一応、電話でもご挨拶はしたんだけど」

「うちの親、もっとゆっくりしてきたらいいのにって言ってましたよ。だから、気にしないでください」

「ありがとう。お土産、何か素敵なもの買ってくるから」

大吾と椎奈がペコペコと頭を下げ合う横で、翔流がニヤニヤしていた。友人と叔母のこういったやりとりが珍しいからだろう。

「翔流、田尾さんにご迷惑かけないようにいい子にね」

「うん、任せといて。しーちゃんも、ちゃんとゆっくりしてきてね」

「わかった。……いろいろ手配してくれてありがとう」

翔流が何から何まで手続きをしてくれ、今回はJRが取り扱っている新幹線のチケットと宿が一緒になっているプランに申し込んでくれたらしい。

だから椎奈たちはこれから新幹線に乗れる駅まで行き、そこからは新幹線の旅だ。

着いてからは宿までまた普通列車での移動になるようだが、それはもうテンが万事調べ済みということらしい。

椎奈はただ連れられるままで良いと言われ、少しの不安はありつつも楽しみだった。

「それじゃあ、行ってきます」

目的の電車が間もなく来るため、椎奈は改札前で翔流たちと別れた。

中学生二人は今夜からのお泊りがよほど楽しみらしく、そわそわしているのを隠しきれていない。それを見て、椎奈は甥っ子を置いて旅行に行く罪悪感が薄れた。

これから二泊三日、別々に楽しむというだけのようだ。

「ここからどうするかは、テンさんに任せてればいいの？」

電車に乗り込んでから、椎奈は念のために確認した。もしわからないなら、自分がしっかりするしかないから。

だが、テンは自信満々首を振る。

「まず、新幹線の駅まで行って、そこから新幹線に一時間半くらい乗るんだ。そのあと、普通列車に乗り換えて宿があるところまで四十分くらい。――ちゃんと頭に入ってるだろ？」

「……大丈夫みたいだね」

乗り場はどこなのかなど不安はまだあるが、きっと大丈夫だろう。

それに、慌てるのも手間取るのも旅の醍醐味《だいごみ》だ。細かいことは気にせずなりゆきに任せようと、椎奈はどっしり構えた。

「新幹線に乗るの、久しぶり」

新幹線に乗り換える駅につくと、在来線の改札から一度出て、新幹線の改札へと向かった。

知っている駅でも、日頃使わない改札を使うというのが非日常感がある。

問題なく新幹線に乗り込むと、椎奈はどっと疲れを感じてしまった。楽しいが、やはり気を張っていたらしい。

「椎奈、疲れてるね。車内販売で何か食べる？」

テンが窺《うかが》うように聞いてくる。

きっと、旅について調べる過程で新幹線の中で買える食べ物のことを知ったのだろう。

「ううん。でもテンさんは好きなの食べていいよ。お弁当とか、めちゃくちゃ硬いアイスとか、いろいろあるから」

「じゃあ椎奈は寝てなよ」

「うん。……じゃあ、三十分だけ」

本当はテンが車内販売で何を買うのか気になりはしたが、眠気が勝ってしまった。テンが起こしてくれるかもと思いつつも、念のためスマホで三十分後にアラームをかける。もう少し寝ていたいが、移動中ずっと寝ているのも嫌だと思ったのだ。

せっかくなら、車窓の景色を楽しみたい。

そう思いつつも、新幹線が走り出すと椎奈の目蓋はゆっくりと閉じていってしまった。独特の揺れと音。同じ空間の中に誰かがいる気配。そして隣でテンが何かしているのが伝わってくるのが、妙に安心するのだ。

思えば椎奈は、乗り物に乗るとよく眠る子だった。果歩たちがドライブに連れて行ってくれたときも、学校の行事でバスに乗ったときも、いつも眠っていた。

車窓の景色を楽しんだことなんて、実はほとんどないのかもしれない。

それでも、乗り物は好きだ。運転免許を持たない椎奈にとっては、新幹線やバス、飛行機というものは、遠くに連れて行ってくれる素敵な乗り物である。

「あ……もう三十分か」

気がつくと深い眠りに落ちていた椎奈は、手の中でスマホが振動するので目覚めた。

もう三十分経ったのかという思いと、もっと眠っていたような感覚もあった。夢も見ずに深く眠ったからだろう。

「おはよう、椎奈。あと三駅だよ」

隣を見るとテンが、背面テーブルにアイスを載せていた。どうやら、手に持って温めていたらしい。

「硬くて食べられなかったの？」

「いや。椎奈が起きる頃には少しは柔らかくなるだろうと思ってたのに、意外とまだ硬かったから……」

「私のぶん？　ありがとう」

寝ている椎奈のぶんも買ってくれていたのが嬉しくて、自然と笑顔になった。だが、テンがアイス以外に何も食べていない様子なのが気になる。

「お弁当、食べなかったの？」

「車内販売はしてないんだって。何か、三日前くらいまでに予約したら指定席まで届けてくれるサービスはあるらしいんだけど」

「……時代は変わったんだね。もっと調べておけばよかった」

車内販売で駅弁が買えるものだと思っていたから、予約が必要だったことは知らなかった。何も食べられないのはかわいそうだと思い、椎奈はカバンからスナック菓子を取り出す。

「こういうのでよかったら、食べる？　翔流が小さかった頃、出先でお腹空かせたらかわいそうだから、お菓子を持ち歩くようになったんだよね」

「しっかり育てたね。あの子のカバンからも同じようにお菓子が出てくるんだ。……これ、お供えでもらうの好きなんだ」

テンは嬉しそうにして、ジャガイモを使ったスティック形の菓子を受け取った。それを彼がポリポリかじる音を聞きながら、椎奈は未だに硬さを残すアイスに挑む。

見た目はまだ硬そうなものの、スプーンは案外すんなり入った。だから、少しずつ削るようにしてすくっていくと、問題なく食べることができた。

アイスを食べながら、椎奈は窓の外に視線を向ける。しかし、景色はあっという間に流れていってしまい、それを楽しむどころではなかった。何より、トンネルが多い。

「起きたら景色を楽しめるって思ったんだけど、そういえば新幹線って速いんだね……」

「降りてからのお楽しみだな。新幹線のあとに乗る普通列車なら、少しは楽しめるだろう」

テンは車窓の向こうには大して興味がないらしく、もう別のことを考えているようだ。

椎奈がわかっているのは、新幹線をどこの駅で降りるかまでだ。その後のプランは何も知らないため、ワクワクしている。

アイスやスナック菓子を食べているうちに新幹線は目的の駅に到着し、二人はホームに降り立った。

ホームにはスーツを着た人や椎奈たちと同じような旅行者の姿があり、忙《せわ》しなく行き交っている。

不慣れな二人は若干まごつきながらも乗り換え改札口まで向かい、目的地へ向かう電車を待った。

「そろそろ、どこに向かってるのか聞いていい？　これからの予定とか」

新幹線を降りる駅から考えて、椎奈はこれから向かう先を何となく予想していた。だが、テンに連れられて向かうのは、その予想からどうやら外れた場所のようだ。

だから、つい聞いてしまう。不安というよりも、単純に興味だ。

「酒処《さけどころ》と呼ばれる街に向かうんだ」

「酒処……ああ！　知ってる……そっか」

「カフェもパン屋さんも多いところみたいだよ。だから、いろいろ楽しめるところかなって」

酒処と聞いて、瞬時に記憶が蘇った。

椎奈はそこへ行ったことはないが、かつて熱心に調べたことがあったのだ。いつか、果歩と竜郎にこの地への旅行をプレゼントしたいと思っていたから。

もう十年以上前のことで、忙しい日々の中ですっかり忘れてしまっていたが。

そこには酒蔵通りと呼ばれる場所があり、読んで字のごとく酒造所が建ち並んでいるそうだ。酒蔵見学はもちろん、そこで造られるお酒の試飲もできるということで、竜郎が喜ぶと考えていたのだ。

彼はいつか、果歩と二人で酒類を取り扱う店を持ちたいと言っていたから。その夢が叶うようにと、勉強をしに行く意味も兼ねて、この地へ連れてきてあげたかったのだ。

（テンさんは、知ってたのかな……）

電車を待つテンの横顔からは、何も窺い知ることはできなかった。

それでも、懐かしい思いが一気に蘇って、椎奈の胸は熱くなる。

間もなく電車が到着して、二人はそれに乗り込んだ。

新幹線の速さに慣れてしまっていたから、普通列車の速度は落ち着く。振動も、このくらいのほうがやはりいいなと思う。

見慣れない街の見慣れない景色を見るともなしに眺めながら、テンと取り留めもない話をした。もう二人きりでいても、会話に困るようなことは特にない。

そのくらい、この居候の神様の存在に慣れてしまったのだ。

そういえば一応彼氏候補だったなと思い出したが、未だに恋愛感情というものはわかないままでいる。それが少し、おかしくなってしまう。

「何かさ……旅に来たのに、懐かしさとか親しみを感じさせてくれる駅だね」

いよいよ観光をするための駅に降り立つと、そのこぢんまりした感じに椎奈は思わず言った。

その駅は、片側が建物に面していて乗り場がひとつしかないホームと、島になって両面に乗り場があるホームの、計三つの乗り場があるものだった。その規模は、椎奈たちが朝出発した地元の駅と同じくらいで、造りも少し似ているため、既視感がある。

「新幹線に乗るための駅と違って、わかりやすくていいね。大きい駅はさ……迷わないように気を張らないといけないから」

テンは椎奈とは別の理由でほっとしているようだ。エスコートするために気持ちを引き締めていてくれたのがわかって、嬉しくなる。

「ここからは、私も一緒に気を張ってようか？」

テンだけに旅行中のことを任せるのは悪いと思い、椎奈は言ってみた。だが、彼は柔らかく微笑んで首を振る。

「椎奈はただ楽しむことだけを考えてて。こうして誰かを先導して歩くというのは、なかなか気分がいいものだし。――さて、まずはタクシーに乗って宿に向かうよ」

　そう言うと、テンは椎奈のぶんの荷物も持って歩きだした。二泊三日の、しかも秋の旅支度はそんなに荷物は多くない。だが、誰かに荷物を持ってもらうというのがなかなかない経験だから、喜んで持ってもらう。

「このへん一帯、自転車があると楽しいみたいだよ。自転車を貸し出してる宿もあるらしくて」

「自転車は……いいよ」

　歩きながらテンが思い出したように言ったが、生き様を〝転び方を知らない自転車〟と表現されたあとに、本物の自転車に乗るのは少し複雑な気分になる。実際に、椎奈はあまり自転車は得意ではない。だからどのみち、レンタサイクルで走り回ることなどないだろう。

　観光地らしく、タクシー乗り場にはちょうどいい具合にタクシーが停まっていた。テンが先に乗り込んで宿の名前を告げると、運転手は感じよく返事をしてくれた。

「駅の外観は見られましたか？　この白壁の雰囲気、覚えててもらうと、あとで『あ、あ！』ってなりますからね」

　運転手に言われ窓から振り返り、今しがた出てきたばかりの駅を改めて見た。

白壁に煉瓦《れんが》っぽいアクセントがつけられた、おしゃれな外観だ。

「ああ！　駅の外観、街並みに似てる！」

タクシーが走り出してすぐ、椎奈は運転手が言っていたことを理解した。目に飛び込んで来た景色の中にある建物が、先ほど見た駅の外観に雰囲気がよく似ていたのだ。

「お客さんたち、酒蔵通りを巡るのがお目当てでしょう？　駅から歩いて三分くらいだから、すぐなんだよ」

「そうなんですね。あとでゆっくり見よう……」

宿までも徒歩十分と聞いていたため、タクシーではあっという間についてしまった。運転手からこの宿は朝食に出される出汁巻き卵が美味しいのだと聞かされ、翌朝の楽しみもできた。

宿についた椎奈たちは、チェックインの時間前ではあったが荷物だけを受付で預かってもらい、身軽になって再び外に出た。

タクシーでやってきた道をまた歩いて戻っていくと、現代の街並みの中にひょっこりタイムスリップしたかのような白壁の景色が現れる。

白壁と、赤や黒の瓦屋根。そして煉瓦造りの煙突。

「酒蔵通りの名前は、伊達じゃないね……」

酒蔵が建ち並ぶ景色を前に、椎奈は感激して呟いた。テーマパークに一歩足を踏み入れた瞬間のような、ドキドキとワクワクが一気に胸に湧き上がる。

「喜んでもらえてよかった」

「この酒蔵を巡って、試飲ができるんだよね？　こころなしか、もうお酒の甘い匂いがする気がしない？」

「それは……さすがに気のせいじゃない？」

あまりに興奮する椎奈を見てテンは少し呆れつつも、嬉しそうにしていた。彼もワクワクしているのか、もしくは椎奈のワクワクが伝染したのだ。

「現在も七つの酒蔵が営業してるのね……それらすべてで試飲ができるなんて、夢みたい」

「椎奈、俺は君がお酒に強くないことを知ってるから、止めるべきときは止めるからね」

「うん……でも、試飲のカップは小さいはずだし！　お世話になってる人のお土産に買うやつは、ちゃんと味見しないと！」

「……わかった」

ひとつめの蔵元へと行く前に、一応釘《くぎ》を刺された。確かに椎奈は酒に強くはない。むしろ、あまり飲めない人種だと言えるだろう。

それでも、美味しいお酒が飲める地まで来て、飲めないなんてあまりに残酷だ。そんな酷いことは強く言えなかったらしく、テンは仕方がないという顔で頷いた。

それから二人は、酒蔵通りを端から歩いていった。

「ねぇ、あの吊《つ》るされてる茶色いのは、何？　……蜂の巣？」

大抵どの酒蔵の戸口にも吊るされている、茶色のボールのようなものを指差して椎奈が尋ねる。飾りというにはシンプルなデザインで、用途がわからない。

「あれは杉玉っていって、酒造りをする蔵元が飾るものなんだ。緑の杉玉を飾る二月くらいは、新酒を搾る時期。つまり、緑の杉玉が吊るされたら『新酒始めました』の合図ってわけだ」

「じゃああれは、緑色のものが変化して茶色になってるんだね」

「そう。大体秋くらいに茶色になってるのが吊るされていたら、ひやおろしを出してるよって合図らしい」

神様だからか、それとも事前に知識を入れてきてくれているからか、テンは椎奈の知りたいことをスラスラ教えてくれた。

「……ねぇ、恥ずかしながら無知なので聞くんだけど、〝ひやおろし〟って何？」

「冬に搾ったお酒を春に一度火を入れて、夏の間熟成させたもの。とろっとして、もしかしたら椎奈は新酒よりこっちのほうが好きかもね」

「やった！　今ちょうどそれが飲める時期なんだね」

日頃は大人として保護者として、〝知らないことなんてありませんよ〟みたいな顔をして過ごしている椎奈だが、実際はこんなふうに知らないことだらけだ。

それを普段はややコンプレックスに思っているのだが、今は不思議と感じない。きっとテン相手だからなのだろう。

試飲をするためには事前予約が必要だった蔵元もあり、すべての酒蔵で試飲ができたわけではないが、ほとんどのところで楽しませてもらえた。

使っているお水が美味しいからか、どこのお酒もふわっと甘みが広がる飲みやすい日本酒で、椎奈は調子に乗ってつい飲みすぎてしまった。

最後のほうに立ち寄った蔵元で飲ませてもらったのが、辛口を謳《うた》ったスッキリとした飲み口のもので、もう飲めないと体が感じていたにもかかわらず、椎奈は注いでもらったぶんをすべて飲み干した。

そして、最初に心配されていたようにフラフラになった。

3

したたかに酔ってしまった椎奈は、そのあとカフェでひと休みしてから、テンに支えられて宿へと戻った。

夕食と朝食がついたプランだと聞かされたときは、翔流のことを「なんと過保護な！」と内心思っていた。だが、蔵元を巡って試飲をしただけでこんなふうに酔っ払ってしまったあとは、甥の慧眼《けいがん》にひたすら感謝するしかない。

「……ごめんね、テンさん。パン屋さんとか、他のお店に行けなくて」

予約していた宿の部屋は畳敷きの和室で、椎奈はまるで自宅のようにゴロゴロと寛ぎながら言う。酔って先ほどまで眠っていたのだが、まだ酔いが残っているようでふわふわする。

ホテルの中にある日本料理を出すレストランで食事を摂ることになっているが、夕食には少し早い時間だ。

予定では、パン屋で好きなものをテイクアウトして、景色のいいところでまったり食べてホテルに戻っている時間だったはずなのに。

「いいんだよ。パン屋さんなら明日行けばいいし、何よりまた次来たときでいいんだから」

寝転がる椎奈のそばにいるテンは、そんなふうに優しく言う。酔ってしまった情けなさと、彼の優しさがしみて、椎奈は心がギュッとなった。

「次か……」

椎奈の胸には、様々な思いが渦巻いていた。

また次があるのかという不安と、次の約束をしてしまえることへの罪悪感。

この旅行が楽しかったぶんだけ、本来ここへ連れてきてあげたかった人たちのことを思うのだ。

「……あとちょっとだったのにな」

あふれ出した思いが、口からぽろりとこぼれた。

一度口をついて出ると、もう止められない。

「私、大学生になったらバイト頑張って、お姉ちゃんと竜くんに旅行をプレゼントしたかったんだ。距離と、かかる費用と、二人の興味を鑑みると、この街への旅行がぴったりだろうなって、勝手に計画してたの。二人は新婚旅行にも行けてなかったから、恩返しに私がプレゼントするんだって、思ってたのに……」

大学生になることよりも、堂々とアルバイトができるのが何より楽しみだったのを覚えている。受験勉強の傍ら、どんなバイトをしてどのくらいの時間働けば、目標の金額に達するのだろうかと考えるのが楽しかった。

あと半年というところで、その夢は潰《つい》えたが。

事故で姉夫婦を亡くしたことで、椎奈は大学生になることはなかったし、バイト代で彼らに恩返しの旅行を贈ることはできなかった。

彼らにたどってほしかった旅路を自身で巡ることで、楽しいと同時に寂しくて、切なさが胸に降り積もっていくようだった。

お酒を無茶をして飲んだのも、お酒の力を借りて楽しい気分になっていたかったからだ。

だが、今頃その反動で、悲しい気持ちが強くなっている。

「……テンさん。日本酒って、神様へのお供え物になるよね？　お菓子よりお肉より、お供え物としての格が上よね？」

降り積もっていく悲しみに埋もれそうになりながら、椎奈は縋るようにテンに問う。

テンは、そんな椎奈を穏やかな目で見つめ返してきた。

「何か、お願い事があるの？」

テンに聞かれて、椎奈は頷いた。

自分から積極的に神様にお願いするなんて、そんなこと絶対にしないと思っていたのに。

たぶん、これは小さな子供が駄々を捏ねるようなものなのだ。叶えられるとか叶えられないとかではなく、ただ身近な優しい人にわがままを聞いてほしいだけ。そして、あわよくば叶ってほしいとも思っている。

「……お姉ちゃんたちに会いたい。ちょっとだけでいいから」

叶うわけがないとわかっているのに、椎奈は願ってしまった。

この十年、ずっと思っていたことだ。それなのに、誰も叶えてくれなかった。

不幸に吸い寄せられるように勧誘に来たどの宗教も、この願いを叶えることはなかったし、椎奈を救いはしなかった。

だから祈るだけ、願うだけ無駄だと言い聞かせて生きてきたのに、テンに出会って、優しい神様と暮らして、わがままになってしまったのだ。

「会いたい、か……わかった。ちょっと頑張ってみるよ」

「え……」

予想外の答えが返ってきて、椎奈は戸惑った。

何をするのだろうかと不安になりながら待っていると、テンは畳に寝そべる椎奈の頭をそっと撫でた。それから、低く落ち着いた声で「目を閉じて」と言ってくる。

言われるがまま目を閉じると、映像が流れ込んできた。


それは、見慣れた景色だ。

おそらく、椎奈たちが暮らす町のどこか。いつかどこかで見たことがある町並みが見える。

『え、なにこれ？　小さい家？』

『これ、たぶん祠だよ。神様いるんじゃないか？』

『えー？　神様！　手合わせなきゃ』

そんな男女の声が聞こえてきて、景色の中にその姿が現れる。

声が聞こえてきたときにわかっていたことなのに、姿が見えて椎奈は息を呑んだ。

（お姉ちゃんと、竜くんだ……！）

頭の中に流れ込んでくる映像の中に現れた二人の姿に、椎奈は胸がいっぱいになる。

『神様かー。とりあえず商売繁盛だね。なむなむ』

『なむなむって果歩……たぶんそれ違うぞ？』

『え、そうだっけ？　でもこういうのはさ、拝む気持ちが大事だから。商売繁盛の次は、家内安全、学業成就？』

『知ってる言葉を並べてるだけだな……でもまあ、大事なことだ。家族全員の健康もお願いしないと』

祠が何なのか、神様に手を合わせるのがどんなことなのか不慣れな様子なのに、果歩も竜郎も熱心に祈っている。

二人のこの天然というか、少しボケた感じが懐かしくて愛《いと》しくて、椎奈は手を伸ばす。だがこれは頭の中に流れてくるだけの映像で、触れられないのはわかっている。目を開ければ見えなくなってしまうことも。

これは、幻のようなものだ。

いつかのどこか。まだ二人が元気だった頃の光景。

『あとはねー、翔流がちゃんとご飯食べて大きくなってくれますように』

『あいつの偏食は神頼みしたくなるくらいだからな。でもまあ、偏ってても何でも、でっかくなってくれりゃいいんだけど』

（あの子、今は何でも食べるし、ちゃんと大きくなってるよ）

届かないのはわかっていても、心配そうに手を合わせる二人に教えてあげたくなる。

偏食のちびすけだった翔流は、今では毎日それなりに食べて大きくなっているよと。中学一年生のときに、もう椎奈の身長は追い抜かしてしまったよと。

『椎奈のことも、ちゃんとお願いしとかないと！　あの子のことは……うーん？　お願いしてあげたいことといっぱいあるね』

長いこと手を合わせていた果歩たちだったが、そんなことを言って悩み始める。

『受験のこと考えると、学業のことをお願いしてやりたいよな。でも、俺たちがお願いなんかしなくても才女だからなー、うちの椎奈は』

『それでも！　怪我をしたり受験本番で風邪をひいたりしないようにお願いはしてあげないと！』

『そうだな。あと、家から通える大学に行くっつってるけど、先生の話だと成績的にはもっと上の大学を狙えるらしいから、あの子自身がもっと欲を出せるようにお願いしないと……すぐ遠慮するから』

『だよね！　東京で女子大生させてあげたいよね！　あの子にはさ、好きなとこ行って好きなことさせてあげたいよ』

そんなことを言いながら、果歩と竜郎は熱心に手を合わせる。それでも、しばらく祈ると二人して目を開けて、それから笑った。

『まあでも、あの子のことで祈るのは、ひとつだけだよね』

『うん。どこに行っても、何をしてても、幸せに生きててほしい——保護者の俺たちが望むのは、それだけだな』

『だから神様、どうか椎奈がこれからも幸せに、元気に生きていけるように、よろしくお願いします』

果歩と竜郎は再び手を合わせ目を閉じ、深々と頭を下げた。

そのあとの映像は、かすみがかかるように見えなくなっていった。

目を開けると、涙でにじんだ視界の向こうに見慣れない部屋の天井が見える。そして、心配そうに覗き込んでくるテンの姿が。

竜郎に似ていると思っていたその顔は、改めて見ると全然似ていなかった。

似ていないくせに、どこか安心感と懐かしさを感じさせる顔。

「こんなことしか、してあげられなくてごめん。俺、力の弱い神だから……」

「いいよ、ありがとう。……二人が元気だった頃の姿をもう一度見られただけで、救われたから」

言いながら、また泣けてきてしまった。

果歩と竜郎が、自分のことを大切にしてくれているのは知っていた。いつだって大事

なかった。

にされている自覚もあった。

でも、あんなふうに祈ってくれていたなんて、あんなことを願っていたなんて、知らなかった。

だが、彼ら亡き後、翔流を育てている今ならわかる。保護者が子に望むのは、その子の幸せだけだ。

どこに行っても、何をしてても、ただ元気で幸せでいてほしい。

その当たり前のことを二人が小さな祠の神様に手を合わせて祈っていてくれたことが、十年越しに椎奈の胸を温める。

「……えー。テンさん、あんた誰に似てるの？　ずっと竜くんに似てると思ってたのに、似てないんだけど」

泣いているのを見られたのが恥ずかしくて、椎奈はぐしぐしと目元を拭った。

にじんだ目で見ても、記憶の中の竜郎とテンは似ていなかった。

「それは……俺の姿は、その人の安心する姿に見えてるはずだから。その人のもう会えない、安心する誰かの姿に似て映る。神様って、たぶんそんなもんなんだよ」

「なるほどね」

「あと……俺たちは昔に会ったことあるから」

思い出してほしいのか、テンは真剣な表情でじっと見つめてくる。だが、残念ながら椎奈にそのような記憶はない。

「んー……こんなイケメンというか美男子、一度見たら忘れないと思うんだけど」

「椎奈、まだ子供だったたし。そのときは、同じクラスの長谷川くんが気になるって言ってたよ」

「……あ！」

唐突に出てきた小学生時代の同級生の名前に、椎奈の頭の中で急速に何かが蘇った。喉に刺さった小骨が取れたかのようなすっきり感に、思わず興奮してしまう。

「え？　長谷川くんのことが気になってたってことは、確か小四か小五で……ってことは、空き地の妖精さん？」

当時十歳か十一歳の頃の記憶を繙《ひもと》いていくと、ひとつの出来事を思い出した。

まだうんと子供だった椎奈は神様も妖怪も妖精も信じていて、空き地で出会った弱りかけた青年風の不思議な存在に出会ったことがあるのだ。

そのときは給食の残りのパンをあげただけだったが、後日哀れに思ってお小遣いで買ったお菓子を手に会いに行ったのである。

その存在を妖精だと信じていた椎奈は、弱り果てた姿を見て「森に帰りなよ」などと言った記憶がある。

「町にいるから弱るんだと思って、妖精なら森に帰ったほうがいいよって言ったんだよね。でも……そのときに『ここが、これが俺の家だから』って返されたんだった」

「そう。それで、椎奈は俺のボロボロだった祠を修理してくれた。木の板とか釘とか集めてきて、不器用ながらに打ち付けてくれて、『私、大工さんになれるかも！』って嬉しそうにしてたな……」

テンは懐かしそうに目を細めるも、椎奈は何とも言えない気分になる。

「あのときはさ、何か新しくできるようになるとお姉ちゃんと竜くんがめちゃくちゃ褒めてくれるから、調子に乗ってたんだよ……あの頃の私は、大工さんにだって、お菓子屋さんにだって、偉い博士にだってなれるって信じてたんだもん」

今となっては恥ずかしい、だが輝かしい日々だ。

ろくでもない環境から果歩のおかげで抜け出せて、ありあまるほどの愛情を注がれたおかげで、椎奈は自分の未来は可能性に満ちていると信じていたのだから。

そのパンパンに愛情と自尊心が詰まった小さな体は、無敵だった。だからこそ、偶然出会った得体の知れない〝妖精〟に優しくできたのだろう。

「あのとき、俺はお礼に願い事を聞くよって言ったんだ。供物をもらって、棲家も直してもらって、君の願いを叶えることで神としての力を取り戻せるって思ってたから……それなのにね」

テンはうなだれて、悲しそうに言う。

あのとき、自分が何を願ったのか椎奈は覚えていない。だが、テンの顔を見れば、その願いは叶わなかったのだろう。

「俺に食べ物をくれて、祠を直してくれた優しい女の子は、願い事まで優しかった。その優しい女の子の願い事を、たったひとつ願ったことを、俺は叶えてやれなかったんだ」

その声ににじむ後悔に、椎奈の胸は締めつけられた。

彼がその後悔にずっと苦しめられて、罪滅ぼしのために自分のもとへやってきたのだろうということがわかってしまったから。

曲がりなりにも神様が、中学生の男の子に「叔母の彼氏になって」と言われたくらいで、のこのこ来るわけがないのだから。

そう考えるときっとテンは最初から、こんな懺悔《ざんげ》の機会を窺っていたのだ。もしくは、日常のささやかな願いを叶えることで、少しずつ〝罪〟とやらを償っていたのかもしれない。

「『家族とずっとこの町で、幸せに暮らしていけますように』って願い、叶えられなくてごめん……！」

頭を下げるテンの弱々しい姿に、もう椎奈は耐えられなかった。

「こっちこそ……お姉ちゃんたちが死んじゃったのは神様のせいじゃないのに、ずっと恨んでた。ごめんね」

あの日から、神はいないと思ったのだ。だから、妖怪も、妖精も、不思議なものも全部全部ないのだと。

信仰を力にするテンのような神様にとってそれは、とても悪いものだったに違いない。

「いいんだ。恨まれて当然だ。でも……椎奈を幸せにしたい。あの日叶えられなかった願いの代わりに、俺が君を幸せにしたいんだ」

「テンさん……」

ずっと引っかかっていたこと——テンが竜郎に似ているのではないかという誤解が解けた今、椎奈は素直に彼の気持ちを受け止めることができた。

物語で読むような胸のときめきはないが、一緒にいて不快感はない。むしろ落ち着く。

テンの前では、安心して泣くことができる。

そういう存在を、きっとずっと求めていた。

「俺なら、絶対に君をひとりにしないから。椎奈、家族になろう」

「うん。……というよりもう家族だよ、私たち」

真正面から向かい合うと、照れてしまって笑いが出た。恥ずかしいが、胸の中はじんわりと温かい。

「さて、酔いも覚めたし、泣いたらお腹空いちゃったから、夕食に行こう」

照れ隠しに勢いよく立ち上がると、椎奈は言った。勢い余ったためか、ふらりとよろけてしまう。

「おっと。まだ酔ってる？　体、少し熱いし」

急いで立ち上がったテンが受け止めてくれたから転ばずに済んだが、何だか恥ずかしくてボンと顔が熱くなる。指摘された熱っぽさは、おそらく照れのせいだ。

それを悟られたくなくて、椎奈はことさらはしゃいで見せる。ふわふわしているのも、顔が熱いのも、全部はしゃいでいるせいにしてしまえばいいと思ったのだ。

だが、その元気が続いたのは食事が終わるまでだった。

美味しい懐石料理を楽しく平らげて部屋に戻ると、椎奈はヘロヘロになって再び床に倒れ込んでしまった。

「テンさん、ごめん……やっぱり熱だったね」

おでこに冷却シートを貼って、布団に包《くる》まった椎奈は申し訳なさそうに言った。薬と冷却シートを買いに行ってもらっている隙に何とか浴衣に着替えたが、汗を流さず布団に入っているのが落ち着かない。

何より、情けない姿で謝るのが数時間ぶり二度目なため、恥ずかしいやら申し訳ないやらでつらい。

「仕方ないよ。旅疲れってやつだろ」

「面目ない」

「椎奈はこんなふうに倒れでもしなければ休まないいんだから、いいんだ。ゆっくり休もう」

そう言って汗ばんで額に貼りついた前髪を払ってくれる指先が冷たくて、その心地よさに思わず目を閉じた。

疲れ果ててはいても、これまで熱は出さずに生きてきた。だから、およそ十年ぶりの発熱だ。そして、看病されるのだって、そのくらい久しぶりだった。

だがきっと、本当にギリギリのところでかろうじて熱を出さずにやってきただけなのだろう。弱っているのは、何となくいつも感じていた。

運が味方してくれていただけで、自分が丈夫なわけではないことは、とっくの昔に知っていた。

だからこそ、こんなふうに弱ると不安になる。今まで意識しないようにしていたことを意識してしまう。

「……私さ、これまで大事なものが増えるのを怖がってたんだと思う。だからもう、翔流だけでいいんだって考えてた。翔流を大きくすることだけに力を注ごうって。思えばさ、あれは残されるのが怖かったからだと思う」

きっとやろうと思えば、恋をすることも誰かと付き合うこともできたはずだ。だが、それをしなかった。そんな余裕はなかったと片付けてきたが、本音は違う。

もう誰も、何も、失いたくなかった。だから、大切なものを増やすことはなかったのだ。

それなのに、テンの手を取ってしまった。

「……どうあったってテンさんを残して逝くのに……ひどいね、私」

夕食前までは浮かれていたが、こうして弱って、頭が冷えた。

熱に浮かされながらも、思考は冴えている。

冷静になると、自分がひどく残酷なことをしているのに気がついた。

だが、テンは相変わらず優しい顔をしている。彼は、いつだって椎奈に優しい。

「椎奈はそんなこと、気にしなくていいんだ。――弱っている姿を見て手を握ってやりたくなるのが愛だし、弱ったときにそばにいてほしいのも愛だから、命がある限りこうやって過ごしていこうよ」

残されるのはもとより覚悟の上だとでもいうのだろうか。テンは包み込むような笑顔で、そんなことを言う。

覚悟を見せつけられたら、椎奈も頷くしかない。

すると、テンは少し悪い顔でニヤッと笑った。

「神様の求婚を気軽に受けちゃだめだろ。さっきの返事は、承諾したと受け取ったからな」

こんなことも言うのかと、椎奈は驚くと同時にドキドキしてしまった。まさかテンにドキドキさせられることがあるとは思っていなかったから、何だか悔しい。

負けていられないと、手を伸ばしてテンの服を摑む。

「テンさんだって、『やっぱりさっきのナシ』なんて言わせないからね。婚期を気にしだした人間の女に軽々しくプロポーズしちゃだめよ？」

「もちろんだとも。今度こそ、俺は椎奈との約束を守るんだ」

服を摑んでいる椎奈の手に自分の手を重ねてテンは言う。まさかそんなことをされるとは思っていなかったから、椎奈はまたもドキドキさせられてしまった。ただでさえ発熱で速い鼓動を刻む心臓が、おかしな挙動を始めた気がした。

（テンさんがこんなに甘いなんて、知らなかった……！）

これまで知らなかった彼の一面を知ってときめいてしまっているものの、知らなかったのはもしや自分だけだったのではないかとふと気づく。

二人きりの旅行を提案してきた時点で、きっと翔流は知っていたに違いない。

テンが椎奈を特別に想っていることも、椎奈がテンを好きになってしまうことも。

「さて、俺も着替えたら寝ようかな」

「ちょっと待って！」

ドキドキして仕方ない椎奈を放って、テンは寝る支度を始めようとしていた。とはいえ彼も、浴衣に着替えるだけのつもりのようだ。それに気づき、待ったをかける。

「寝るんなら、ちゃんと歯磨きしてよ！　私の前で歯を粗末に扱うことは、絶対に許しませんからね」

椎奈がぴしゃりと言うと、テンは素直に自分のカバンから歯ブラシセットを取り出した。それから、楽しそうに笑う。

「椎奈、やっぱり歯のことが好きなんだね。歯医者で働いてただけのことはあるね」

「あ、そっか……私、あの仕事好きだったんだね」

わかってしまえば、ストンと腑《ふ》に落ちた。やはり、椎奈は歯科衛生士の仕事が好きなのだ。

高橋クリニックの院長に言われて、違う道を模索しなければと思っていた。彼に言われるまま高校卒業後に歯科衛生士の資格を取ったが、他にやりたいことがあったかもしれないと考え直していた。それが、じじい孝行だと言われたから。

だが、今のでわかってしまった。

なりゆきでなったとはいえ、自分が歯科衛生士の仕事を好きなのだと。それがわかって、何だかほっとした。

「……旅行から帰ったら、歯科衛生士の求人に応募してみよ。翔流とテンさんのために、稼がなきゃだからね」

そんなことを呟いて、椎奈はいつしか眠りに落ちていた。それをテンが、歯磨きをしながら幸せそうに見ていた。

旅行から帰ると、椎奈は元気にもとの日常へと戻っていった。

いや——旅行に行く前よりはるかに、元気になっていた。

十年間抱え続けた後悔と寂しさから、ようやく解放されることができたからだ。野中に言われたように、椎奈は転び方も知らないまま走り続けてしまった自転車だった。悲しみとの向き合い方も、重すぎる気持ちの置き方も、何もわからずに走り続けていた。

それを、テンが救ってくれたのだ。

椎奈は彼と、家族になった。

翔流が彼氏候補として連れてきたのだが、彼は恋人というより家族だ。そっちのほうがしっくりくる。

それに、呼び方や捉え方がどうであれ、彼が大切な存在であることは変わらない。

大切な存在が増えた椎奈は、以前にも増して頑張って働くようになった。

とはいえ、今はまだ知り合いの店に呼ばれて手伝いに行くような日々だ。次の職場は、慎重に選んでいる。

歯科衛生士の求人には恵まれているが、高橋デンタルクリニックほど好きになれそうな場所には、まだ出合えていないからだ。次もなるべく長く続けたいと思うならば、好きになれそうな場所を選ぼうと思っている。

「お疲れさん。今日もしゃかりき働いてるね」

「野中さん！」

商店街の洋食屋のランチタイムの手伝いを終えて店を出ると、野中に声をかけられた。

彼女とは旅行のお土産を渡したときに会ったから久しぶりではないのだが、仕事終わりにこうして偶然会えたのが嬉しい。

「あんた、職探しは順調なの？」

どこかへ行ってきたらしい野中は、自転車を押しながらそう問いかけてくる。

悩み中と言いつつまだ何も決まっていない椎奈は、何と答えようかと迷った。厳しい彼女のことだから、返答次第ではまたぴしゃりと注意されてしまうだろうと。

だが、取り繕っても仕方がない。だから、正直に話すことにした。

「やっぱり歯科衛生士の仕事をしたいなって思ってるんですけど、ピンとくるクリニックをまだ見つけられてなくて……なので、どこかいいとこ見つけたら教えてください！」

「おお……ちゃんと人を頼れるようになったじゃないの。ちゃんと頼めたからね、いいものあげるわ」

椎奈が正直に言ってペコッと頭を下げると、野中は感心したように言って、カバンから一枚の紙を取り出す。受け取って見ると、それはとある歯科医院の求人情報をプリントアウトしたものだった。

「それね、事務職募集してたからあたしがさっき面接に行ってきたところ。で、歯科衛生士も募集してるってさ。こぢんまりとして高橋先生のとこに雰囲気似てたから、どうかなと思って。あんた、絶対キラキラ系の美容歯科は嫌なんだろうと思ってさ。向いてなさそうだし」

「う……まさにですよ」

野中に見事悩んでいることを言い当てられ、椎奈は恥ずかしくなった。

都市部のおしゃれな歯科医院は、給料面も待遇もよく、惹《ひ》かれていたのは確かだが、実際にいくつか足を運んでみたところ、何だかしっくり来なかったのだ。

野中に指摘されるほど気質として合わないのなら、それは仕方がないのだろう。

「ここ、いいなぁ。明日にでも電話してみます。ありがとうございます」

「いいんだよ。困ったときはお互い様だし、何よりあんたがちゃんと、誰かが親切の手を差し伸べてくれるより先に頭下げて頼めるようになったことが、あたしは嬉しいし」

野中が本当にほっとしたように言うのを聞いて、椎奈はようやく彼女が言いたかったことを理解した気がした。

椎奈は周りの人に恵まれていて今まで何度となく助けてもらったし親切にされてきた

が、自分から頭を下げて頼んだことなどほとんどなかった。

迷惑をかけてはいけないと思っていたからだが、同じ迷惑をかけるのなら、自分から進んで頭を下げて頼めたほうがきっといい。

何より、自分から頼めるということは、ちゃんと自分の状況を見て助けを求められるということだ。

それができなかったから、今まできっと周りの優しい人たちをハラハラさせてしまっていたのだろう。

「私には守らなきゃいけないものがあるので、ちゃんと命綱を周りにたくさん持ってないとなって気づいたんです。いざとなったときに『助けて』って言える先は、多ければ多いほどいいですから」

「そうだよね。甥っ子だけじゃなくて居候もいるんだもんねぇ」

からかうように言われ、椎奈は照れ笑いを浮かべる。こんな言い方をしているが、野中だって椎奈にとってテンが特別なのはもうわかっているのだ。旅行に二人で行ってきたことを知っているのだから。

「そういえばさっき、あんたのところの顔がいい居候、大して安くないキャベツを丸ごと買おうとしてたよ」

「ええ⁉　もう……目利きができないのに勝手に買い物しちゃだめだよ」

「今日はスーパーのほうが安いって教えてやったから、もしかしたら行ってるかもね」

「ありがとうございます！」

椎奈は野中にお礼を言うと、テンがいるかもしれないスーパーへ向かった。だが、その道中にメッセージを送ることも忘れない。

いつまでも翔流のスマホを借りているのでは不便だろうと、格安ではあるが持たせてみたのだ。するとどうにか使いこなせていて、こんなときに連絡が取れて便利だ。

『スーパーにいる。キャベツとベーコンと挽き肉を見てた』

仕事が終わったことと、どこにいるのか尋ねるメッセージを送ると、すぐにそんな返事が来る。

自分も行くと返信してから、彼が今日の夕食に作ろうとしているものがわかってしまった。

商店街を出て交差点の横断歩道を渡ると、すぐにスーパーにたどり着く。野菜のコーナーを回って肉、ハム類を見ているのだとしたらここだろうと当たりをつけて探してみると、やはりそこにテンの姿はあった。

「テンさん」

「椎奈！　お疲れ！　今、どこのコーナーにいるか連絡しようと思ってたんだ」

椎奈が手を振ると、テンは嬉しそうに顔を上げた。彼がいたのは乳製品のコーナーで、おそらく牛乳を買おうとしていたのだろう。

「今夜はロールキャベツにするんだけど、クリーム仕立てにするかトマト煮込みにするか悩んでて。コンソメ風も捨てがたいんだけど」

メッセージで材料を見たときからもしかしたらと思っていたのだが、やはり正解だったらしい。椎奈もちょうど食べたかったから嬉しくなる。

「クリームもトマトもコンソメも、何ならおでん風も好きなんだけどさ、カレースープ風ってのもあるらしいよ。しかも、次の日にスープが余ってれば水溶き片栗粉でとろみをつけて、カレーうどんにしても美味しいって」

「それにしよう！」

椎奈の提案に、テンは一も二もなく乗る。贅沢ではないものの、テンとこうして美味しいものを作るのが、今の椎奈の幸せだ。

それから二人は明日以降の献立の話をしながら、スーパーの中をぐるりと回って会計を済ませた。

スーパーを出ると、夕暮れが迫ってきていた。秋の日は釣瓶《つるべ》落としとはよく言ったもので、このあとすぐにストンと日が暮れるだろう。

地面にふたつ並んだ影法師を見ながら、椎奈は幸せな気持ちを噛みしめる。

「早く帰って、支度をしないとね」

「急がなくていいよ。翔流、文化祭に向けていよいよ忙しいから少し遅くなるって」

「そうだったか……あの子、最近テンさんだけに言って気が済んでるよね。もー……」

叔母よりもテンのことを頼りにしているのではないかと、ちょっぴり面白くない。だが、嬉しいのが気持ちの大部分だ。

翔流にも、椎奈の他に頼れる人がどんどん増えたらいい。それに、翔流にとってもテンは家族だから、頼りにしたって構わないのだから。

「さあ帰ろう、椎奈」

ごく自然に、テンは手を差し出す。椎奈はその手を、嬉しい気持ちで取った。

終章

それはとある地方都市の片隅の、小さな町。

古いものと新しいものがほどよく入りまじる、どこにでもある町。

その町では、人間たちの暮らしの中に不思議なものが潜んでいる。

その町の片隅でひっそりと人々を見守っていたある神様は、今はひとりの女性と仲睦《なかむつ》まじく暮らしている。

その神様には大した力はないから、すごい奇跡は起こせないが、代わりに少しの不思議と幸せを女性にもたらしている。

家族となった人々の、健康と日々のささやかな幸せを守っている。

これは優しい神様と、その神様と縁を結んだ女性の物語。

小さな町の片隅で、彼らの物語はこれからも続いていく。

この物語はフィクションです。
実在の人物、団体等とは一切関係がありません。
本作は、書き下ろしです。

猫屋ちゃき先生へのファンレターの宛先

〒101-0003　東京都千代田区一ツ橋2-6-3　一ツ橋ビル2F
マイナビ出版　ファン文庫編集部
「猫屋ちゃき先生」係

ファン文庫

お疲れ女子、
訳あり神様に娶られました

2023年6月20日　初版第1刷発行

著　者　猫屋ちゃき
発行者　角竹輝紀
編集　山田香織（株式会社マイナビ出版）
発行所　株式会社マイナビ出版
〒101-0003　東京都千代田区一ツ橋2丁目6番3号　一ツ橋ビル2F
TEL 0480-38-6872（注文専用ダイヤル）
TEL 03-3556-2731（販売部）
TEL 03-3556-2735（編集部）
URL https://book.mynavi.jp/

イラスト　大庭そと
装　幀　AFTERGLOW
フォーマット　ベイブリッジ・スタジオ
DTP　富宗治
校　正　株式会社鷗来堂
印刷・製本　中央精版印刷株式会社

●定価はカバーに記載してあります。●乱丁・落丁についてのお問い合わせは、
注文専用ダイヤル（0480-38-6872）、電子メール（sas@mynavi.jp）までお願いいたします。
 ISBN978-4-8399-8320-8
Printed in Japan

Fan
ファン文庫

こんこん、いなり不動産

あやかしシェアハウス、はじめます！

著者／猫屋ちゃき
イラスト／六七質

あやかし達が集まって
一緒に暮らせる場所があればいいんだ…

こっそり妖（あやかし）が共存する町の、
ふしぎな不動産屋ストーリー！
『第2回お仕事小説コン』特別賞受賞作、第2弾！

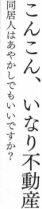

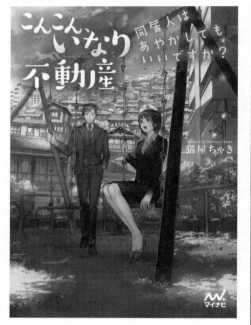

ファン文庫

拝み屋つづら怪奇録

人は時に鬼となる——
現代怪奇奇譚

紗雪の周りの人が次々と不幸な目に遭うようになり、
不安になった彼女は拝み屋を頼ることに——。
『こんこん、いなり不動産』の著者が描く現代怪奇奇譚

著者／猫屋ちゃき
イラスト／双葉はづき

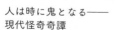

Fan
ファン文庫

拝み屋つづら怪奇録

異聞拾集篇

救ってくれた津々良のために何ができるだろう
ほんのりダークな現代怪異奇譚、第二弾！

津々良のもとで拝み屋の仕事を手伝うようになった紗雪。
少しでも恩人である彼の助けになりたいと思い、勉強を
始めることに――。

著者／猫屋ちゃき
イラスト／双葉はづき